〔瑞士〕瓦尔德马·芬克 绘

生而为人，必不可少的就是对未来的展望。

哲学探索的意义不是在于给这个不确定的世界以确定的答案，而是在于让生活在不确定性中的我们确定地生活。

〔瑞士〕瓦尔德马·芬克　绘

人的一生就应该像一条河，开始是涓涓细流，被狭窄的河岸所束缚，然后，它激烈地奔过巨石，冲越瀑布。渐渐地，河流变宽了，两边的堤岸也远去，河水流动得更加平静。最后自然地融入大海，并毫无痛苦地消失了自我。

〔瑞士〕瓦尔德马·芬克　绘

〔瑞士〕瓦尔德马·芬克　绘

眼光长远是理性的，但也是苦闷的，

因为美好永远在将来，当下永远有苦难。

〔瑞士〕瓦尔德马·芬克　绘

比起奋斗，生命更重要，而在有限的生命里收获精彩的生活，才是我们人生唯一的目标。

唯爱与阅读不可辜负

所有的哲学都在人生里

[英]伯特兰·罗素 \ 著　琳子 \ 编译

花山文艺出版社

河北·石家庄

图书在版编目（CIP）数据

所有的哲学都在人生里 / (英)伯特兰·罗素著;
琳子编译. -- 石家庄：花山文艺出版社，2022.4（2023.2 重印）
ISBN 978-7-5511-6102-2

Ⅰ.①所… Ⅱ.①伯… ②琳… Ⅲ.①随笔—作品集
—英国—现代 Ⅳ.① I561.65

中国版本图书馆 CIP 数据核字（2022）第 048549 号

书　　名：**所有的哲学都在人生里**
　　　　　SUOYOU DE ZHEXUE DOU ZAI RENSHENGLI
著　　者：[英]伯特兰·罗素
编　　译：琳　子

责任编辑：于怀新
特邀编辑：栎　宇
责任校对：张凤奇
封面设计：平　平
美术编辑：胡彤亮
出版发行：花山文艺出版社（邮政编码：050061）
　　　　　　　　（河北省石家庄市友谊北大街 330 号）
销售热线：0311-88643221
传　　真：0311-88643225
印　　刷：天津旭非印刷有限公司
经　　销：新华书店
开　　本：880 毫米 ×1230 毫米　1/32
印　　张：8.75
字　　数：144 千字
版　　次：2022 年 4 月第 1 版
　　　　　2023 年 2 月第 2 次印刷
书　　号：ISBN 978-7-5511-6102-2
定　　价：52.80 元

序　言

寻求智慧的人生

周国平

　　在现代哲学家中，罗素是个精神出奇地健全平衡的人。他是逻辑经验主义的开山鼻祖，却不像别的分析哲学家那样偏于学术的一隅，活得枯燥乏味。他喜欢沉思人生问题，却又不像存在主义哲学家那样陷于绝望的深渊，活得痛苦不堪。他的一生足以令人羡慕，可说应有尽有：一流的学问，卓越的社会活动和声誉，丰富的爱情经历，最后再加上长寿。命运居然选中这位现代逻辑宗师充当西方"性革命"的首席辩护人，让他在大英帝国的保守法庭上经受了一番戏剧性的折磨，也算是一奇。科学理性与情欲冲动在他身上并行不悖，以致我的一位专门研究罗素的朋友揶揄地说："罗素精彩的哲学思想一定是在他五个情人的怀里孕育的。"

　　20世纪后半叶以来，西方大哲内心多半充斥一种紧张的危机感，这原是时代危机的反映。罗素对这类哲人不抱好感，例如，对于尼采、弗洛伊德均有微词。一个哲学家在病态的时代居然能保持心理平衡，我就不免要怀疑他的真诚。不过，罗素也许是个例外。

　　罗素对于时代的病患并不麻木，他知道现代西方人最大的病痛来自基督教信仰的崩溃，使终有一死的生命失去了根基。在无神的荒原上，现代神学家们凭吊着也呼唤着上帝的亡灵，存在主义哲学家们诅咒着也讴歌着人生的荒诞。但罗素一面坚定地宣告他不信上帝，一面却并不因此堕入病态的悲观或亢奋。他相信人生一切美好的东西不会因为其短暂性而失去价值。对于死亡，他"以一种坚忍的观点，从容而又冷静地思考它，并不有意缩小它的重要性，相反地对于能超越它感到一种骄傲"。罗素极其珍视爱在人生中的价值。他所说的爱，不是柏拉图式的抽象的爱，而是"以动物的活力与本能为基础"的爱，尤其是性爱。不过，他主张爱要受理性调节。他的信念归纳在这句话里："高尚的生活是受爱激励并由知识导引的生活。"爱与知识，本能与理智，二者不可或缺。有时他说，与所爱者相处靠本能，与所恨者相处靠理智。也许我们可以引申一句：对待欢乐靠本能，对待不幸靠理智。在性爱的问题上，罗素是现代西方最早提倡性自由的思想家之一，不过浅薄者对他的观点颇多误解。他固然主张婚姻、爱情、性三者可以相对分开，但是他对三者的评价是有高低之分的。在他看来，第一，爱情高于单纯的性行为，没有爱的性行为是没有价值的；第二，"经历了多年考验，而且又有许多深切感受的伴侣生活"高于一时的迷恋和钟情，因为它包含着后者所不具有的丰富内容。我们在理论上可以假定每一个正常的异性都是性行为的可能对象，但事实上必有选择。我们在理论上可以假定每一个中意的异性都是爱情的可能对象，但事实上必有舍弃。热烈而持久的情侣之间有无数珍贵的共同记忆，使他们不肯轻易为了新的爱情冒险而将它们损害。

几乎所有现代大哲都是现代文明的批判者，在这一点上罗素倒不是例外。他崇尚科学，但并不迷信科学。爱与科学，爱是第一位的。科学离开爱的目标，便只会使人盲目追求物质财富的增值。罗素说，在现代世界中，爱的最危险的敌人是工作即美德的信念，急于在工作和财产上取得成功的贪欲。这种过分膨胀的"事业心"耗尽了人的活动力量，使现代城市居民的娱乐方式趋于消极的和团体的。像历来一切贤哲一样，他强调闲暇对于人生的重要性，为此他主张"开展一场引导青年无所事事的运动"，鼓励人们欣赏非实用的知识如艺术、历史、英雄传记、哲学等的美味。他相信，从"无用的"知识与无私的爱的结合中便能生出智慧。确实，在匆忙的现代生活的激流冲击下，能够恬然沉思和温柔爱人的心灵愈来愈少了。如果说尼采式的敏感哲人曾对此发出振聋发聩的痛苦呼叫，那么，罗素，作为这时代一个心理健康的哲人，我们又从他口中听到了语重心长的明智规劝。但愿这些声音能启发今日性灵犹存的青年去寻求一种智慧的人生。

前　言

我为什么而活

伯特兰·罗素

　　我的一生，常伴三种单纯却又浓郁的执着，分别是执着求爱、执着求知、执着共情。这三种执着于我有些苛责，每每像自海面扶摇上九霄的龙卷风一般，随意地扯弄着我，将我高高抛起，又重重砸下。

　　但我却欣然接受它们。我执着求爱，向往爱情赐予我的灼热，为了品尝爱情的甜蜜，我甚至愿意付出一切；我执着求爱，还因为爱是一剂治疗寂寞的猛药，这药非常神奇，可以把人从阿鼻地狱中拉起；我执着求爱，更是因为爱情是人世间神秘的美妙，它就是一种值得众人追逐的天堂，而我是幸运的，因为我已经到达了天堂。

　　如同执着求爱，求知一样让我不能自拔，痴迷其中。我渴望洞悉人们的内心，希冀自己能够了解天体奥秘，甚至妄图比肩古希腊的伟大数学家毕达哥拉斯，去征服数学世界……

　　执着求爱与执着求知，让我有机会聆听圣语，然而我不担心自己跳脱俗世，因为我执着共情。共情会第一时间把我拽回俗世。我不是行走世间的天使，只是在我的眼中，总是能看到挨饿受冻的孩子，也能看到惨遭上层阶级剥削的下层者，还能看到被子女遗弃的可怜老人。这些人世间的苦难一丝不苟地撬开我的眼睑，在我的心头割上一刀又一刀。

　　我对这些苦难者感同身受，可深感乏力。

　　实际上，我自己不也是在苦难中伛偻前行吗？

　　不过这便是我，我的一生，无怨无悔。

目 录

辑 二

求 爱

THE
IONGING FOR
LOVE

爱不能无中生有，只能被引导出来

———
Bertrand Russell

爱情、亲情与共情

大爱不应该是一种义务，而应该是一种发自内心的友善。

总有读者好奇我为什么对爱情讳莫如深，甚至有人声称我不愿为爱情浪费笔墨。其实，我和大多数人的心思一样，把爱情视作人与人之间最美好的情感，我也承认求爱和求知一样，属于人类探索世界时最重要的两个工具。不过在具体的人文问题面前，我对爱情始终抱着谨慎的态度。

我这样做有自己的原因，对我个人而言，爱情应该是水到渠成、瓜熟蒂落的，不该揠苗助长，更不该刻意追求不符合自身年龄段的爱情。

比方说处于青春期的孩子，他们的爱情大多是懵懂、青涩的。这倒挺容易理解，青春期的孩子天性如此，他们毕竟还没有达到为他人着想的年纪。换句话说，青春期的孩子缺乏共情能力，再加上还有学业的负担，无法将自己的所有精力集中在爱情方面，所以青春期的爱情更像是自顾自地释放情感。

相比之下，成年期的求爱者心理成熟、懂得珍惜，这就使得他们的爱情比孩子们的更加容易培育又更加容易收获，是最值得浇灌的爱情。更重要的是，成年求爱者普遍会在爱情中展现出猛兽般的占有欲，这种占有欲会催生独属于某个对象的性心理欲望，一夫一妻制得以存在的原因便是基于这一点。当然了，由占有欲而营造的婚姻还需要满足其他条件才能维持幸福美满的状态。

可惜的是，古往今来，唯有男性敢于直面求爱中的占有欲，男性从占有欲中得到的快感也远大于女性。事实上，或是因为世俗，抑或是因为偏见，再或是因为礼教，文明世界里的女性即便长期享受不到优质的性生活，也绝不可能像男人那样直言不讳，她们只能隐忍克制。久而久之，一些女性在肉体上得不到满足的情况下，选择在精神上寻求安慰，而这种安慰大多来自孩子。

因此，我们时常会看到不恰当的母子亲吻、爱抚等行为。敏感的人对此万分警惕，一些极度敏感的人甚至由此认为父母不应该与孩子有亲密的接触。

我认为这未免有些以偏概全，父母的亲昵是孩子成长过程中必不可少的养分，有了这样的养分，孩子才能筑建良好的心理世界。只是我们希望父母对孩子的亲昵有所节制，也希望父母对孩子的亲昵保持单纯。

为什么说要保持单纯呢？

其一，很多父母出于教育的目的，认为亲昵应该用于鼓励孩子的成长与进步。他们把亲昵视为对孩子的奖赏，希望孩子经过努力后才能得到它。这种思想是极其错误的，因为从本质上看，亲昵不应该是孩子取悦父母后得到的奖赏，而应该像呼吸空气那样能够轻而易举地得到。诚然，父母在看到孩子在某方面取得成功后会不由自主地欢喜，但这种欢喜不一定要用亲昵来表达，更不应该作为诱惑孩子的奖赏。

其二，父母对孩子的亲昵绝不应该掺杂任何性心理，这一点不仅适用于父母，更适用于老师。实际上，有心理学者认为雇用单身女教师教育孩子是值得商榷的，相较于那些家庭和谐、各方面都美满的已婚女性，单身女教师需要额外具备一种无法言明的微妙控制力。当然了，单身男教师亦是如此。

话说回来，当父母用亲昵行为关怀孩子的时候，孩子投桃报李，同样会用亲昵行为对待父母，比如，父母下班回家，孩子猛扑到父母怀里；再比如，父母上班离家，孩子紧抓着父母的裤脚不愿他们离去，等等。

用亲昵维持的亲情，会让孩子在遇到各方面的问题时，更倾向于和父母倾诉，这种倾向属于潜意识里的深层印记，不需要其他引导。在亲昵环境中长大的孩子，他们对父母的喜爱，不是因为父母供养自己，而是因为父母的陪伴，临睡前父母讲的故事，节假日的全家出游……

对于孩子来说，他们唯一的职责就是茁壮成长。只要他们能做到健康、正直，他们的父母便会欣慰。孩子的世界是广阔的，是需要闯荡的，而父母的世界却只是孩子，这就是根本所在。

强调一下，我不是反对含有其他情感的亲昵，也不是反对家庭中出现强烈的爱，我的本意是爱有着不同的分类，夫妻间的相濡以沫是一种爱，父母对孩子的亲情是另一种爱，孩子对父母的亲情又是一种爱，这些爱泾渭分明，不能混淆。这便是我与那些极端的敏感人士的区别所在，这些人主张禁欲亲情，他们甚至把任何情感都视作洪水猛兽。就我个人而言，这种禁欲大可不必，即使是苦行僧，也可以有正常的情感流露。

夫妻之间的爱情与父母与孩子之间的亲情都是不应该控制也不可控制的潜意识驱使行为，二者不可混作一谈。夫妻之爱就应该从夫妻之间得到，就算满足不了自己的要求，也不能从孩子身上获取。同样地，父母给予孩子的爱和亲昵应该足够到满足孩子的成长需求，而不是所谓的禁欲系克制。当然，身为父母，对孩子的爱也没法克制。

我曾在儿子两岁零四个月时离家去美国长达三个月之久。我离开他的那段时间，他成长得很快。当我回家的时候，他已经可以从花园门口一溜小跑过来，然后拉着我的手，去看他的各种宝贝。虽然他的宝贝有些奇怪，比如，有一块光滑的石头、一条死蛇，但我仍想听他喋喋不休地介绍，丝毫没有插嘴打断。等到我讲述自己去美国的见闻时，他就像刚才的我那样，认真地听着，同样也丝毫没有插嘴打断。这就是一种不可名状的美妙和谐。

这种和谐只有一次被打破过。那次是在我儿子三岁零六个月的时候，我过生日，我的儿子想要送给我一份礼物，为此他宣布要给我讲故事，并且一口气讲了十来个故事。至于为什么礼物是讲故事，这是由于我的儿子最喜欢听人讲故事，因此他觉得听人讲故事是天底下顶好的礼物——这是我的妻子后来偷偷告诉我的。

如何处理亲情是一个课题，同样值得思考的，还有亲情中的共情的培养。有些父母在培养孩子共情能力的时候，过于简单粗暴，结果经常发生冲突。所以在讨论亲情中的共情培养这个话题时，有必要先来聊聊这些冲突。

父母总认为他们可以用外力迫使孩子按照他们指引的方向产生同情心或博爱心。但事实证明他们是错误的。孩子的共情能力大部分来自本能。想要孩子按照自己指引的方向产生共情，唯一的方法是为孩子营造氛围。例如，旁边的孩子若是大哭大闹，自家的孩子也很容易跟着哭起来。

我的女儿便是如此，在她18个月大的时候，她的哥哥乔尼划破了肘部，包扎时疼得哇哇大叫，结果她也跟着难过起来，哭得稀里哗啦，那时的她话都说不利索，却不停地念叨："乔尼疼，乔尼哭。"

我的儿子也有过类似的表现。那次他看到他的母亲在用针挑扎在脚上的刺，当时儿子噙着泪水，对他母亲说："妈妈，疼。"他母亲想要教他忍受疼痛，不要动辄流泪，就告诉他不疼。结果儿子根本不信，一直嘀咕，最后竟然抽泣起来，继而号啕大哭，好像不是在给他母亲挑刺，而是在给他挑刺那样。

我女儿与我儿子之所以能产生这样的共情行为，其根本还是在于他们有过同样的经历，这才是共情行为产生的基础，亲情只能算是某种加持。也就是说，若我们想要培养孩子的共情能力，就要让他们体会人世间的各项苦楚，除了这之外的其他教导，都是徒劳。

　　只有一种情况是例外的，若父母冷酷残忍，时常虐杀动物，谩骂他人，那么他们的孩子即使了解人间疾苦，也有可能忘却共情，变得冷漠麻木。

　　那么，怎样才能让孩子了解人间疾苦，知悉世间罪恶呢？这是个棘手的问题。虽然孩子在成长的过程中，可以通过外界了解到战争、杀戮、贫穷、饥饿与疾病，实际上孩子到了一定的年纪，掌握了一定的知识，有了一定的眼界，自然会了解到这些，但是为人父母，我们应该更早地为孩子安排共情方面的教育。这就跟子女的性教育一样，父母不应该在孩子出嫁前夜才教给她压箱底的东西，而是应该在更早的时候，教给子女他们应该知道的东西。

　　然而社会上总有些如同圣母一般的声音，称孩子应该在真、善、美中成长，远离假、丑、恶。发声者甚至妄图篡改历史教材中的战争暴行，还美其名曰此乃"与世无争型教育"。我实在不敢苟同这些所谓的和平主义者。学习历史就要客观地看待每一个历史事件。如果历史事件违背了我们现阶段大众普遍接受的道德，那么我们刚好以此为戒，将历史中不好的一面作为警醒。这才是一个历史学者应有的态度。

我们应该相信孩子，相信他们不会在了解到罪恶后会主动尝试罪恶，相信他们不会在了解到残忍后会主动变得残忍。

我们也不得不承认，有些孩子在看到他人遭遇罪恶的迫害之后会变得易怒暴躁，有些孩子则是在看到他人受到残忍对待之后变得沉默寡言……因此，过早地让孩子接触人世间的罪恶、残忍也不是一件好事。毕竟当一个毫无自卫能力的孩子第一次得知有人会虐待孩子的时候，他们会不由自主地把自己代入受害者身上，因此与受害者一样瑟瑟发抖。

我就是这样的一个孩子。那是我14岁的时候，第一次读到英国作家狄更斯所著的《雾都孤儿》，我整个人都惊呆了，但好在那时我已经成为一个男子汉，震惊的同时认为若是自己一定有能力保护自己。但若我是在更小的年龄读到这本书，那么我肯定会被吓得不知所措。

所以，让孩子了解人间疾苦的时机就变得尤为重要。而且对于不同的孩子，比如，那些天性乐观、胆大的孩子与那些天性胆怯、爱幻想的孩子，这个时机不可统一而论，一定得是孩子牢固树立无畏心理之后才行。

辑一　求爱　　　　　　　　　　　　　　　　　　　　　011

　　同时，父母们应该牢记，只有了解真实世界的人间疾苦才有助于培养孩子的共情能力，诸如法国童话《蓝胡子》里连续杀害自己妻子的恶行、英国童话《巨人杀手杰克》里吃人的行径，幻想成分居多，并不足以让孩子与真实世界联系起来。对于孩子来说，这些童话固然罪恶、残忍，但也无非是童话故事罢了。就算有年幼的孩子被这些童话故事吓哭，但随着年龄的增长，他们会逐渐遗忘。

　　还有，当父母第一次向孩子讲述人间疾苦的时候，应该选择讲述那些能让孩子代入受害者而不是代入到加害者的故事。事实上，孩子若是经常听到主角为加害者的故事，他们身上的野蛮因子会被点燃，时间长了，很容易培养出暴力者。

　　我们不妨拿《圣经》中的两个故事来具体分析，其一是"亚伯拉罕献祭以撒"，其二是"以利沙咒杀四十二童子"。拿我个人为例，当我听到亚伯拉罕为了彰显自己对于上帝的虔诚，准备献祭自己唯一的孩子以撒的时候，我不觉得这份虔诚有什么值得吹嘘的地方，反倒同情以撒；当我听到四十二名童子因为嘲笑以利沙而遭到诅咒，最后被两只母熊撕裂咬杀的时候，我怎么都不觉得以利沙的行为是正确的，反倒认为这四十二名童子可怜。

　　这也就是历史教学中涉及战争教学时，应该教导孩子首先同情战败者的原因。若我是一名英国历史教师，给孩子们讲述黑斯廷斯战役的时候，我不会强调这场战役是欧洲中世纪盛期开始的标志，而是会强调这始终是一场战争，只会给平民带来创伤与苦难。简单来说，我的教学目的并不是剖析战争的意义，而是彻底地反战。在我看来，战争的双方都是发情的傻驴，应该让鞭子落在他们自己身上，狠狠地抽他们，直到双方变好、变乖。我相信只有基于这种目的的教学，才能让孩子看清战争的真实意义，让他们领悟战争是一种愚蠢的放肆行为。

　　更深一步，我不会主动向孩子谈起战争带来的残酷迫害，直到他们自己注意到那些罪恶行径。而在那个时候，我会让孩子们了解到罪恶是何等的反人类、反社会。在那之后，我再告诉孩子们罪恶始终会受到正义的惩罚。

　　归根结底，保持共情能力的基础是保持客观。大家都知道的，历史由胜利者书写，不可能一碗水端平，总有美化之处，关于战争的历史更是如此。就拿1805年拿破仑指挥法国军队跟俄国和奥地利联军之间的"奥斯特里茨战役"来说，大部分的史书都在强调法军以少胜多，突出拿破仑的统帅才能。只有托尔斯泰的小说《战争与和平》呈现了截然不同的情景。托尔斯泰并没有隐瞒事实，而是客观地阐述了战争的残忍。其实教育就该如此，客观讲述事实即可，不要进行道德绑架，而是让孩子用自己的标准去衡量、领悟。

最后，关于爱情和同情，我认为二者的本质还是有区别的。前面说了人与人之间的小爱，现在我想说一说人世间的大爱。

爱不能无中生有，只能被引导出来，是一种与恨难分难解的情感。我的女儿多次说她哥哥是欺负她的可恨之人，但我知道，我的女儿十分挚爱她的哥哥。

我认为，大爱是一种平等的体现，它不可能出于恐惧，更不可能出于嫉妒。如今社会上的一些道德家就是隐藏颇深的嫉妒者，他们名义上用道德绑架他人，其实就是出于嫉妒。这样的人口中的大爱无非是道德家们的虚伪遮掩。

父母教育孩子的时候，千万不能让孩子学那些虚伪的道德家。大爱不应该是一种义务，而应该是一种发自内心的友善。

若孩子能做到这一点，那么父母也应该欣喜，因为这样的孩子待人处事会让对方如沐春风，对方也会投桃报李。

如此，才是爱的正确教导方式。

理性与情感

唯有对某种存在坚定无比的热忱，才会让人类为之的努力变得顺理成章。

古往今来，大众对于爱一直采取着矛盾的态度：在诗歌戏曲、小说杂文等文艺学派那里，爱是最重要的主旨之一；但是经济、政治等理性学派却认为爱是发展的阻碍。

我个人非常赞同文艺学派，认为理性学派对爱的认知失之偏颇。爱与人生相辅相成，二者是相互促进的优质伙伴。要知道，爱范围广阔，并不仅限于男女之间爆发的荷尔蒙。只要是情感的交流，哪怕不是肉体交流，仅限精神交流，也有机会产生情爱。

任何人、任何教派，但凡有制约情爱的行为、规定，在我看来，都愚蠢至极。

我们常见轰轰烈烈的爱，比如，歌剧《崔斯坦与伊索德》里的爱情——崔斯坦和伊索德彼此相爱，却因为崔斯坦曾在战场上杀死过伊索德的哥哥而不能启齿告白。但爱情没有在仇恨中泯灭，反而持续发酵，最后二人选择为爱而逝，将生命献祭给爱情。

欧洲文学信仰这种刻骨铭心的爱，而在其他地区，关于爱的作品相对平淡一些。不过这代表不了什么，我认为这是制度与风俗的原因。拿中国来举例，中国人对爱是隐忍克制的，中国传统中反对强烈的情绪，主张人不能被爱左右，应该时刻保持理智，像那种只为博红颜一笑的爱情举动，理应遭到抵制。

这种思维类似18世纪起风靡欧洲的浪漫主义运动，二者都将理智凌驾于情感。但是不要忘记，我们每个人或多或少地都需要接触理智之外的三种社会活动，即信仰宗教、参与斗争、体会爱情。这三种社会活动大多数时候不受理智的控制，却并不违背理智。因为理智的人依然可以信仰宗教，依然可以参与斗争，依然可以体会爱情。只有那种以理智为幌子的禁欲，才是爱的敌人。

除此之外，现代社会奉行的某些成功主义理念也是爱的敌人。成功主义者以经济利益为主要出发点，主张爱情是事业的附属品，不能优先于事业，成功人士可以为事业牺牲爱情，若是反向为之，那他就是卑微的傻子。

对于这样的人，我不予评论。只是希望他们记住一点，任何两种事物之间都存在着微妙的平衡，为爱情牺牲事业是傻子行径，反之，为事业牺牲爱情同样也是傻子行径，并且还是没有担当的傻子行径。

只是在功利主义大行其道的现在，这种既愚蠢又软弱的行为屡屡发生，谁也没办法阻止。

试想一下，我们身边有个怀揣"美国梦"的人，他渴望暴富，为此贡献了自己所有的智慧、精力、体力，在这样的人眼中，所有不能让他暴富的举动都是有钱少爷的消遣。若是实在抵不过肉体的欲望，只要有钱，花枝招展的风尘女可以随意挑选。最后被逼结婚，他也和妻子聊不到一块儿去，毕竟他志向远大，想要赚尽天下钱财，而他的妻子则是个典型的家庭主妇，所做所想的无非是锅碗瓢盆的家庭琐事。这样也好，只需定期房事就能维系夫妻关系，还能省下精力和体力去打高尔夫球，何乐而不为？就是偶尔会感觉自己和她太过例行公事，在性方面从没有过满足，只能靠观看拳击比赛或口诛笔伐他人来释放无处安放的欲望。

对他太太来说，从某种意义上讲，拥有这样的丈夫也让人心安。因为丈夫对自己不会动情，同样对其他女人也不会动情，偶尔寻花问柳，也不过是逢场作戏。婚姻开始时为了维持家庭，太太还会委屈自己假意逢迎，日子久了，谁也无法维持没有快感的做戏。好在丈夫也不在乎。两人相敬如宾，外人根本察觉不到任何不和谐之处。

但这样的婚姻真的好吗？虽然有些学者主张婚姻是性爱的合法通行证，没有一纸婚书的性爱必须受到道德的谴责。这种观点受到很多禁欲教派的赞成。实际上，禁欲教派从根本上抵制性爱，对其激发的美妙、后续的好处视而不见，只把性爱当作肮脏的动物行为。结果这些禁欲教派的信徒受到误导，将性爱视作不净行为。

我承认，爱情和性爱不能简单粗暴地杂糅在一起。爱情需要两情相悦，是两个孤单之人的情感交流，让他们不再空虚。空虚是一场刺痛人心的冰雨，一不留神就会被其刺痛肌肤，留下伤痕。所以人人都渴望爱情，希望在茫茫人海中找到伴侣，偎依前行。然而爱情却不易寻得，它往往隐匿于冷酷的态度、鲁莽的外表抑或是粗俗的行径之中。唯有一颗能够感受到爱的心灵，才能把爱找到。那时，爱会勃发情欲，让沉浸在爱河里的双方不由自主地选择最原始、最本能的示爱行为，即结合在一起孕育新的生命。

　　大自然要求人类分为男女，而不是无性繁殖，不就是因为这样的原因嘛！

　　而人类与动物的区别，则在于人类不像动物那样被性欲支配。如果人类的性行为没有情爱浇灌，那么我可以断定，这种性爱必不完美。那些无爱而性之人，绝不可能触碰到顶级的快感。或许你们没有主动意识到遗憾，但你们的精神、你们的肉体是忠诚的，这也就是很多人在无爱而性之后陷入空虚的主要原因。

　　可怕的是，大多数无爱而性之人并没有正视自己的遗憾，他们在陷入空虚之后再次寻求另外的无爱而性，以至于陷入了无限循环。循环久了，则容易做出伤天害理之事。

　　除了禁欲到麻木的苦行之人，我们每个人都会在某一时间、某一地点邂逅爱情。不过很多人分不清爱情和激情，尤其是那些深门高户中没有恋爱过又受过良好教育的女子。

　　这些女子普遍深居简出，父母总是教导她们身子是留给未来丈夫的，哪怕是初吻，都不能给丈夫以外的人。可有趣的是，越是受这样教育的大家闺秀，越容易被坏小子吸引，有可能一个强吻就让其慌了阵脚，继而被人偷取了贞操。相比之下，那些已婚妇人就没那么好骗，不会因为一时的激情就忘乎所以，丢了自己的全部。

即便是分清了爱情与激情，但若是相爱的一方产生了其他思想，比方说愧疚感或罪恶感，那么这份爱情也岌岌可危。19世纪后期爱尔兰民族主义领袖、自治运动领导人查尔斯·斯图尔特·巴涅尔的爱情便是典型例子。巴涅尔曾长期与奥谢夫人通奸，而奥谢夫人则是巴涅尔忠实的支持者威廉·奥谢的夫人，所以巴涅尔的爱情备受指责，同时也使得他的政治盟友倒向敌人一方，致使他的事业走到了尽头。在这种情况下，相信巴涅尔的爱情也好不到哪里去。

是的，爱情应该是纯粹、正当、不受外力干扰、可以让双方尽心尽力的。

但是这样的爱情很难实现，世俗礼教会让人觉得情爱有罪，即使是出世的洒脱之徒，也很难放肆去爱。更不用说世间的男男女女、老老少少，或多或少都会有这样那样的理由，给自己的情爱套上枷锁。

枷锁之下，情爱恍若猛虎，一旦枷锁失守，猛虎便会呼啸而出。于是我们便有了这样的画面，平日里彬彬有礼的男人，在情欲勃发时刻化身猛兽，不会在意女子的感受，只想着尽快体验快感。

这类男人永远不会懂，性爱需要鲜明的层次感，层层推进才是其中的美妙之处。这就好比狂风骤雨只能造成水土流失，连绵细雨才是土壤最欢喜的滋润。但他们从不放在心上，也不认为女人得不到满足是自己的过失。他们不知道，风俗礼教早已教会女人矜持，女人也习惯用冷傲保护自己，用矜持抵御骚扰。祖辈留下来的训诫，是女人不该向男人展示自己的身体，就算是自己的丈夫主动要求，也不能堂而皇之地献上自己的一切，更不用说白日荒淫了。到了现代社会，即使人们早已破除各种不合时宜的束缚，思想前卫到可以接受大胆的生活作风，然而关于女性矜持的训诫却依然适用，并且在很长一段时间内都很难被打破。

但不要忘了，女人只是不愿他人轻易亲昵，而不是不愿亲昵。

那些花中老手为何能一亲芳泽，还不是因为他们敢于和善于打破女人的防御吗？

反观这类男人，在女人藏匿于保护壳时没有大胆进攻，反倒对其恪守贞操的行为大加赞许，只能说他们不了解女人心。即便他们有幸与某个女人构建了家庭，有了婚约作为性爱的通行证，但这种构建极其牵强。

现代人的爱情，除了礼教方面的束缚，还普遍存在一个心理障碍，名曰"害怕失去自我"。这种害怕多少有点莫名其妙，却又是现代人很大概率患上的心理顽疾。但是大家不要忘了，自我并不是人类生存于世的基础，敞开自己拥抱世界才是。只有和世界接轨，敞开自我，才能给自己带来生存和发展的机遇。若是像个受伤的小兽那样，躲在没有人能够发现的角落，舔舐自己的伤口，那么伤口永远也不能愈合，反而会化脓恶变。

那么，敞开自我拥抱世界吧，让自己的路越走越宽。情爱、繁衍、创造是人类高级于其他动物的地方，我们不应该为了坚守小我而放弃这些优势。同时还应该明白，在情爱、繁衍、创造三者之中，情爱的优先级最高。

为什么这么说呢？

首先，情爱会深深影响繁衍。这不仅仅因为情爱是人类进行繁衍行为的必要条件，还因为子孙后代会遗传父母的特征。若是父母本身不是因为情爱而结合在一起，那么他们看到自己的孩子有自己特征的时候会感到欣喜，看到孩子有对方特征的时候，则会产生不适感，严重的甚至会产生厌恶感。

其次，情爱对创造同样有着根深蒂固的影响。诚然，我们可以闭门造车，把一个人扔到一种不问天下事的独居环境里，他也有可能创造出优质的产品。可这种创造无疑是烦闷的、枯燥的、让人乏味的。以追逐利益为目标的创造亦是如此，不像夹杂着情感的创造那样具有强横的驱使力。

是的，天地间有且仅有奉献类工作可以让人忘掉一切，专心于创造过程。这种奉献要么是对于人的情感，要么是对于事物的情感。总之，唯有对某种存在坚定无比的热忱，才会让人类为之的努力变得顺理成章。

基于此，我们再反观情爱，就会发现情爱不能由性占据主导，一定要有感情作为酵母，才能将情爱发酵至感天地、泣鬼神的程度。

话虽然这么说，不过大家也不用害怕。任何人都可以拥有轰轰烈烈的爱情，只要我们待人如待己，像了解自己那样去了解对方，明白他们的人生观和价值观。换句话说，把爱人当作自己一样去爱，去感受其呼吸的温度，体会其情绪的波动，品味其思维的世界，像个情种一样时时为爱人换位思考。如果能做到这种地步，那么爱情便会浓郁无比。

矛盾的是，部分现代人的性解放意识让情爱有了以往从未有过的威胁。试想一下，若是没有道德与礼教的制约，人类像动物一样只会用性爱释放情感，但凡有丁点儿的情感波动就采取原始行为方式来宣泄，那么性爱与情爱注定分割成泾渭分明的两个部分。英格兰作家阿道司·赫胥黎[1]的代表作《美丽新世界》不就为我们描述了类似的场景吗？阿道司·赫胥黎虚构了福特纪元632年作为该故事的时间背景，彼时物质生活十分丰富，科学技术高度发达，人们的欲望可以随时随地得到完全满足，婴儿完全由试管培养，不需要生育，人们可以肆意地性爱而不须负任何责任。但这真的是好事吗？当性爱带来的肌体快感散去的时候，人脑依然在运作，此时没有情感来点燃，只能让精神世界瞬间崩塌，导致一切变得索然无味。这样的乏味多来几次，那就离禁欲不远了。

所以，情爱有其固有的理想状态与衡量尺度。只是这些理想状态与衡量尺度目前被宗教奉行的禁欲主义与现代青年毫不节制的纵欲主义来回撕扯。其实我们都懂，优质的情爱应该介于禁欲主义与纵欲主义之间，左偏与右偏都会导致情爱变了味道。还是那个观点，我认为情爱与性爱应该处于某种微妙的平衡状态。当然了，我也不是完全地反对处于激情的性爱，有时这种激情反倒是情爱的敲门砖，没有它帮助某人前进一步，情

---

[1]　阿道司·赫胥黎：又译阿尔多斯·赫胥黎（1894—1962），英格兰作家、人文主义者，以小说和散文闻名于世，同时还涉猎游记和电影剧本。代表作有《美丽新世界》《铬黄》《男女滑稽圆舞》等。

爱可能就要擦肩而过。但我还是想强调，这种激情下的性爱不宜过多，它没有什么实质性的价值，只能作为某种尝试罢了。

我们听过太多关于情爱与人生的说教，我们也都知道情爱在人生中占据着重要地位。可我们也知道，情爱不受控制。禁欲者便是最好的例子，他们的苦行不就是为了克制自己的情爱吗？

倘若给情爱卸下枷锁，让其驰骋，那么它一定会成长到无法控制的骇人地步。这里我指的是那些触犯法律的情爱，与之相比，违反道德的情爱倒显得微不足道。

或许有人会说，只要是没有结果的情爱，就不用太过顾忌。那么这个结果是什么？是孩子。一旦情爱产生了繁衍，那么情爱的双方就不能只顾自己享乐了。既然生育，就要养育，这是自然界的铁律，任何人都不能妄想逃逸。

那么，我们应该为情爱的"结果"预想到适用的社会道德及相关法律，这样才可以在"结果"出现的时候，依律找到适合的妥善处理方法。可以预见，社会道德及相关法律或多或少会影响情爱，但立法者和执法者都是聪明的，一定可以找到两全其美的平衡点。

最重要的是，我们希望情爱双方是在拥有了强烈的爱意后再去"结果"，也只有这样，结出的果才能茁壮发展。

我的婚姻观

如果在追求满足欲望时有所取舍，那么幸福感便更容易获得。

婚姻终究是道不清、争不明，剪不断、理还乱的奇妙关系，可总有人想要触摸婚姻的本质，还按照极端分类的原则将婚姻分成了两类。

第一类，为情欲主导的罗曼蒂克型婚姻。这种婚姻主要追求满足自我快乐，普遍以童话中王子与公主的结局为参考标准，毕竟童话里王子与公主的结局都是"幸福地生活在一起"。然而这种理想化的追求也容易导致婚姻关系的坍塌。结过婚的人都知道，一旦夫妻拌嘴进行到拿对方的现在与过去相比的时候，哪里还有什么王子与公主！女人只会埋怨自己瞎了眼，怎么没有早点儿看到丈夫暴躁与懒惰的一面；男人则感慨自己太过大意，没有深入了解妻子肤浅与啰唆的特点。长此以往，二者的婚姻岌岌可危，要是有孩子之类的牵挂还能勉强维持，否则结果只有一个，那就是各奔东西，彼时估计夫妻双方只有一句话要说："童话里都是骗人的！"

第二类，为禁欲主导的克制型婚姻。历史上最著名的皈依者——足迹遍布小亚细亚大部分地区和希腊、罗马的传教士圣保禄主张婚姻绝不仅仅是性爱关系，而是更应该注重表现全人格的行为。圣保禄的主张有些可取之处，却也不能全信。因为圣保禄还主张"为了避免不利的事，结婚的人除非有正当的理由，否则不可停止同房"。诚然，若真的按照这种主张经营婚姻，的确可以规避各种争吵，但也将婚姻双方的激情彻底分割。这可不是什么好事，现代人早已明白，相敬如宾并不是良好的婚姻关系。

在我看来，这两种分类都没有抓住婚姻的真谛：情欲主导型婚姻太过追求理想化的自我快乐，忽视了现实；禁欲型主导婚姻则是轻视了欲望，认为所有人都可以轻易将欲望制服。然而，满足欲望是人类追求幸福生活的充分需求，却不是必要需求。这一点很好理解，因为欲望有很多种，但凡满足一种欲望，人类便能取得相应的幸福感。可我们人类并不像其他动物一般仅从生理欲望中得到满足，还存在诸多情感欲望，比方说征服世界的野心、对自然奥秘的求知欲、创作艺术的澎湃热忱等。

如果在追求满足欲望时有所取舍，那么幸福感便更容易获得。

婚姻在所有人际关系中最为烦冗也最为复杂。因为婚姻实则是两种人际关系交融在一起的混合物，这两种关系分别是男女关系与亲子关系，随便提出一个来研究都是让人无比头疼的问题。

然而纵观所有婚姻，我们却可以大胆地下结论：只有夫妻彼此相爱且与孩子相处融洽的婚姻才是幸福美满的婚姻，这其中但凡有一种关系没有经营好，那么该婚姻必有隐患或顽疾。

值得注意的是，婚姻中的两种关系并不是平等的，婚姻中的男女关系优先于亲子关系。毕竟婚姻先是二人世界，然后才会有三人世界、四人世界等。

在二人世界里，性爱有着至关重要的作用。我们不敢说，唯有满足双方性需求的婚姻才是幸福婚姻，但若是夫妻二人或某一个人长期得不到性满足，那么这种婚姻就岌岌可危。

然而，世俗与道德却总是有意无意忽视这一点。实际上，世俗与道德更希望两个纯净的、没有经验的人结合成家庭才能幸福。任何一方的婚前失贞，都会对婚姻的和谐造成隐患。在我看来，这种教育简直是强人所难，因为两个没有经验的人"严丝合缝"的概率实在是太小了。更重要的是，没有经验的人分辨不出何为释放欲望，何为因欲生情，更不要奢望这样的人懂得情到深处欲最浓。所以，无论男女，无论世俗与道德做何解释，都可以在婚前有所尝试。

糟糕的是，有些人在婚前可以尝试的时候没有尝试，却在婚后不该尝试的时候蠢蠢欲动。而这种蠢蠢欲动若是转化成了实际行为，那么婚姻便会面临毁灭性的打击。世俗与道德对于婚后的不忠采取零容忍的态度，在二者看来，忠诚是维护婚姻的唯一途径。但是他们忘了，欲望是人类不可扼杀的本能，并且，在某一方面的诉求长期得不到满足的时候，欲望会更加沸腾。此时只需要一个宣泄口，欲望便会冲破牢笼，肆意宣泄。在这种情况下，我们其实很难分清孰对孰错。毕竟"人非草木，孰能无情"？可是世俗与道德却不给被欲望冲昏头脑之人改过自新的机会，一味地将其钉在耻辱柱上可不是什么好的处理办法。

诚然，婚后不忠的确不值得提倡。然而我个人觉得大家可以采取缓和的态度去处理，而不是采取直接离婚这种处理方式。

成功的婚姻就应该是相互容忍、相互体谅、相互磨合，夫妻二人跳出自我的小圈子，将对方视为自己身体的一部分[1]。更

---

① 此处取的是《圣经》中上帝取亚当的肋骨造夏娃的典故。

重要的是，这种想法应该付诸实际，也就是说，夫妻二人应该唇齿相依、血脉相连。

年轻一代往往太过自我，只顾释放个性，还倾向在精神世界中建立对自己百依百顺的理想国，结果导致缺乏共情能力，不会换位思考，即使与他人组成了家庭，也依然活在自己的世界里，认为对方不过是种附庸品，有则更好，没有也没什么损失。这也就导致很多人在处理婚姻问题时眼里容不得沙子，一点点的小矛盾便被无限放大，成为争吵的素材，反复提及，久久不愿忘却。

可是，婚姻的真谛是彼此理解、彼此容忍、彼此体谅、彼此磨合。夫妻双方应该把对方置于和自己同等的位置上，像爱自己那样爱着对方才行。如果做不到这一点，那么婚姻便如同埋下了导火索，总有一天会被引爆。

我也理解人都是自私的，终归有自己的小心思，即使是夫妻，也不能做到舍己忘我。只是我希望大家明白，既然结合成了婚姻关系，不妨试着为对方改变自己，不求事事完美，只要不是相差太多便足矣。相信我，若是怀着这种心态经营婚姻，不仅夫妻双方获益良多，对于下一代也有无限的好处。

话说回来，人类虽然是高等生物，但也逃脱不了生物的范畴。只要是生物，就会被各种本能所支配，比如，性本能、孕育本能、征服本能等。这三种本能是典型的欲望体现，如若不是，那么人类和动物就没有什么区别了，人性也会被兽性所代替。

在人类独有的精神世界中，性本能、孕育本能、征服本能作用不大。当然也有特定的情况，拿征服本能来说，人类的征服本能不仅有类似雄狮子在领地留下气味的行为，还有对知识这种虚拟事物的征服欲。实际上，征服本能源自对力量的崇拜，而对人类来说，知识就是力量。

人类的孕育本能与动物的繁殖本能更是截然不同。我们可以从宗教典籍中找到这个论点的具体佐证，比如，《旧约》把为人父母称作生命的延续，即一旦有了孩子，即使本体走向亡者世界，他的孩子将代替他在生者世界继续留下痕迹。

但若是想让孩子完美地复制自己的人生，又或者让孩子心甘情愿地完成自己的心愿，那么身为人母便需要无微不至地照顾孩子，身为人父则须孜孜不倦地教导孩子。

当然，这并不意味着母亲只能养育孩子而父亲却独有教育孩子的权利。实际上在女性地位日益提高的今天，夫妻双方在婚姻关系里关于孩子的养育、教育方面的地位是均等的，谁也不是奴役的一方，谁也不是被奴役的一方。现如今的家庭，除非还保留那种传统的家族聚集型生活关系，并不会出现父亲掌握一切，而母亲言听计从的情形。不过就目前的形势来看，虽然女性对自由、地位的渴望不输于男性，但期待复兴母系社会依然是遥不可及的愿望。

　　我个人认为当下适用于婚姻的心理学还不够成熟，或者说，我认为婚姻心理学还有很长的路要走，并且这还是婚姻心理学解决了某些难言之隐的情况下——想必大家都能明白，父系社会制度存在的时间实在是太久了，这就使得父权思想与男权思想仿佛钢印一般铭刻在每个人的思想里。除非社会制度彻底返古，科技倒退、工业停滞，人类回到原始采集的生存模式里。那样的话，或许才会彻底颠覆父权与男权。

　　然而大家都明白，这是不可能发生的情形。但我不清楚在婚姻关系里为什么一方一定要压过另一方，双方保持平等的地位不好吗？我相信，若是每个人在婚姻关系中都保持平常心，克制自己的征服欲，把另一半放在与自己对等的水平线上，那么这样的婚姻绝对是美好的，至少夫妻相处起来是轻松的。

　　不妨拿婚姻中必须有的性爱来举例。其实很多人并不明白，非婚姻里的性爱与婚姻里的性爱截然不同：非婚姻里的性爱是一种天性的释放，只需追求快感即可，并且在这种性爱关系里，的确需要一方征服另一方才能共同达到愉悦的顶峰。而对婚姻里的性爱来说，繁衍后代才是主要目的，因此，夫妻双方应该重建认知，平等互爱，共同为延续生命而努力才行。

　　可惜的是，我说的这种婚姻观，目前还没有得到足够的重视。但我坚信在未来，这种婚姻观将成为社会的主流。

我的家庭观

我相信，哪个家庭让母亲不再劳累，哪个家庭便是最幸福的家庭。

可以说，以往的数千年中，没有任何一种家庭模式像现代家庭这样混乱无序。虽然现代家庭关系是前所未有的：夫妻之间相处平等，父母与孩子之间相处平等。这本可以是完美家庭关系的存在基础，但实际却让所有人烦恼不已，很少出现完美家庭。例如，当下的父母与孩子的关系已成顽疾，几乎所有的家庭都因此而苦恼，父母与孩子总有一方感到不快，可视作一种最深刻的"时代不快乐"。实际上，当下的家庭关系并没有满足父母与子女的基本诉求，父母若是想要正确、和谐、融洽地与孩子在同一个家庭里生活，就应该彻底贯彻身为父母的认知，并且坚定不移地执行，不可随波逐流或是朝令夕改。

然而无穷无尽的琐事让家庭问题永远都不可能保持一成不变，因此就连最明智的法官也不可能妥善处理每一个家庭问题。

寄希望于"以不变应万变"终究是不切实际的幻想，唯有适时变化才能妥善处理家庭问题。想要解决所有的家庭问题，任何学者都不可能做到。所以，当我们尝试去梳理家庭琐事时，首先应该有一个正确的认识，即我们不可能尽善尽美地解决每一个问题，只能顺应当下的社会结构，贴近社会潮流，来解决最普遍的家庭问题。

这样说难免会让一些读者觉得遗憾，因为他们不能从我这里得到解决家庭问题的答案，但我只能说抱歉。因为家庭问题的起因实在是千变万化，可能是夫妻三观不合，可能是丈夫与妻子之间的收入落差太大，可能是宗教信仰，也可能是世俗的道德束缚……因此希望读者能够理解。

回归正题，纵观诸多家庭问题，我们发现在当下的社会结构与潮流中，已婚妇女较以往反而更苦更累，其原因主要有二：一是女子自主意识觉醒，不再依靠丈夫赚钱养家，但她们既要工作又要处理家庭琐事，反而更累；二是仆役制度的消亡，除非特定的需要，大多数家庭不再雇用仆人处理家庭事务，而是靠已婚妇女自己处理。

在古老的中世纪，未出嫁的女子有太多束缚，她们平日里只能待在家里，不像现代女性这样可以外出工作，因此没有经济来源，只能依靠父亲或者兄弟生活。靠父亲倒还好，因为他有养育子女的责任；若是靠哥哥或者弟弟，那么女子很大概率上要看他们的脸色度日。于是，古代女子大多形成了小心翼翼的性格，她们不敢去尝试超出父权或男权规定之外的东西，只愿意宅在家里，享受所谓的安逸。对她们来说，婚姻才是延续安逸的不二法门，因此不以婚姻为目的的性行为可以说是一笔失败的买卖。若是不幸被欺骗，受不负责任的花花公子诱惑失去了贞操的话，那么她的处境就十分尴尬了，且不说外人怎么看，连自己都认为自己失去了婚姻的砝码。

　　这不是什么夸张的说法，18世纪英国诗人、小说家奥利弗·哥尔德斯密斯在其感伤主义著作《威克菲尔德的牧师》里便真实地描述了出轨女子的矛盾心态：

　　　　不忠之人别无他途

　　　　唯有死亡

　　　　才能让出轨得到宽恕

　　　　才能让秘密永不公开

　　　　才能让那个引诱其堕入深渊的浪荡公子

　　　　正视自己的罪恶

痛心自己的下作

在现代社会，即使女子失贞，若她有谋生能力，那么她的选择便不止有"死路"一条。实际上，我们之所以称现代女子是独立女性，并不只是因为女子地位的提高，而是因为她们不再是父权或男权的附属品。她们可以靠自己的能力生活，而不是靠父母的养育或男人的施舍。也正是因为这样，现代社会没有任何人可以站在道德高处指责任何一位独立女性，即使有人甘冒不韪，对独立女性指手画脚，独立女性也不会在意。当然，那些被人圈养的"金丝雀"除外。

如今的独立女性，只要不是人人喊打的性格、人人恐惧的外貌，就总有一段放飞自我、享受单身生活的时光。直到有一天，她累了，渴望另一半的温暖，想要家庭的温馨，需要孩子陪伴的时候，就会主动走入婚姻的殿堂。

但问题是，婚姻并不是想象中的那样美好。要知道现代女性在婚姻中大多是牺牲较多的一方。比方说，一旦某位现代女性希望生儿育女，那么她很有可能因此被迫放弃工作，这同时也意味着她们需要依靠丈夫的收入生活。也就是说，独立女性放弃了自给自足的经济方式，花每一分钱都要向另一个人索要，这光是听起来就令人感觉不爽。更尴尬的是，有些丈夫的收入还不如妻子婚前的收入呢！同时，婚前是一个人生活，只需负担自己的开支即可，婚后却是两个人生活，若干年后再加上养育孩子和赡养老人，总之，一个家庭的开支会越来越大。

这样的情形想想都头疼，却又是婚姻生活里一定会发生的未来。因此，现代女性才在婚姻的问题上踌躇不前，不敢贸然进入婚姻的殿堂。

另外，若是鼓足了面对一切问题的勇气，破釜沉舟地想要成为母亲，那么现代独立女性还有一个棘手问题需要处理，那就是她们不得不独自做家务。家务活儿琐碎又繁复，足以将一个人牢牢锁在家里，没有片刻喘息的机会。有人说可以雇用人或者保姆帮忙处理，然而现实中我们很难雇到称心如意的用人或者保姆。另外，与用人或保姆的沟通成本也不低，如果大家曾经留意过相关的社会新闻，一定会觉得把孩子交给用人或保姆不能不说是一种冒险。总之，如果能找到一位合得来的用人或保姆，而这个人又能尽心地为雇主服务，那么这位雇主一定是受到了幸运女神的眷恋。

如今，家务的压迫已经成为已婚女性最主要的窘境之一。这种窘境还是一味毒药，即使最温柔、体贴的女性也会因为日夜操劳家长里短而变得暴躁易怒、絮絮叨叨。更可怕的是，深受其害的已婚女性想要找人倾诉，却没人理会。丈夫只会抱怨妻子不再像婚前那样充满魅力，孩子也会嘀咕母亲总为一些鸡毛蒜皮的小事斤斤计较。久而久之，丈夫下了班不愿回家，孩子羡慕别人的妈妈，而可怜的已婚女性在劳累与忽视中性情乖张，动不动大吵大闹，时不时歇斯底里。

可怜的已婚女性，她们受到了不公正的待遇：明明为了家庭付出了最美好的年华，却得不到应有的关爱。而她们的男人，只会埋怨家里的黄脸婆越发没有味道，沉迷于情人的妩媚妖娆。

当前城市人口密集化导致的土地及物价上涨也是造成当代婚姻矛盾的重要原因。居住面积的紧张让婚姻家庭出现了新的问题：狭窄的居住空间让孩子不能尽情玩耍，大人无法避开孩子的嬉闹，没有自己的独属空间，等等。就个体家庭而言，宏观的经济掌控不在人们的能力范围之内。个体家庭只能考虑一个问题，那就是在现有经济体系、社会架构下，如何利用已有资源更好地经营婚姻。如果我们怀有这样的想法，那么便有了破局的契机。

诚然，居住环境的变化让现代亲子关系出现了某种错位：孩子不再认为父母是高高在上的，父母也认为应该平等地对待孩子。以往那种必须执行父母命令的习俗显得过于陈腐，而接触过精神分析的父母也唯恐因为自己而让孩子受到伤害。结果家庭关系变得不伦不类，孩子不知道该如何孝敬父母，父母不知道该如何教育孩子。

当父母对待孩子都需要采取小心翼翼的态度时，那么毫无疑问，这个家庭岌岌可危。

举个例子，父母亲昵孩子，本是天经地义的事情，也是孩子应得的宝贵财富，此时若父母心生顾忌，害怕过分亲昵会导致孩子产生恋父、恋母等畸形情愫；抑或是害怕不亲昵会让孩子滋生"爸妈不爱我"的想法，那么这样的亲子关系便失去了应有的欢乐。

再举个例子，父母管教孩子，既是权利又是义务，这就决定了父母必须高高在上。当父母放低身段，对孩子百依百顺，甚至反过来受制于孩子的时候，那么这样的家庭也不会有快乐可言。

再者，现代独立女性在决定要做母亲的时候，得比从前做出更多的牺牲，由此也更容易产生补偿心理。在这种情形下，一些母亲会因此希望子女不受约束，代替自己去享受自由的生活；另一些母亲则因此对子女过多干涉，指挥子女过自己想过却不能过的生活。这两种极端行为对亲子关系都会产生不好的影响，前者会让子女不受约束，后者则是过度约束。

林林总总的问题不仅影响到了婚姻和家庭，君不见生育率也是逐年下降吗？即使有鼓励生育的政策，但婴儿与老人的比率已经成为急需处理的社会问题。因为这不是在某个阶层、某个地区出现的个例，在所有的文明国家，关于生育率持续走低的现象均已出现。

我很抱歉没有去查阅上层阶级生育率的资料，但我认为研究这个阶层的生育率没有多大价值，因为他们不受当下社会环境的制约。所以我只查阅了其他阶层的生育率资料：1919~1922年，斯德哥尔摩所有生育过的女性里只有1/3为职业妇女；1896~1922年，美国某大学共计毕业4000名学生，仅仅生育了3000多个孩子，远远达不到阻止人口老龄化的生育比例。

在这些数据里我发现了一个有趣的现象：越是发达的国家，生育率越低，那些贫穷的、未开化的国家，反倒把繁衍人口视作一切的前提。

发达国家的人口逐渐减少并不是什么好事。这样减少下去，量变终究会引起质变——可以预见，人口减少肯定会让发达国家社会动荡，出现这样或那样的问题。

除非有不发达国家的人口及时填充，但这样也只能是饮鸩止渴。因为人口的迁移会让两个国家都处于不稳定的状态之中，这种不稳定便是争端的导火索。

唯有尽到人类的繁殖义务，并且尽到父母生养和教育孩子的责任，才能规避上述问题。

一些国家为了缓解人口减少带来的各项问题，竭力以规劝和柔情来影响年轻人的婚姻与生育。他们声称虔诚的信徒应该遵循上天的旨意，把生育作为己任，不应该像个投机者那样精算生育的利弊。与此同时，传教士们不遗余力地抬高母亲的生育属性，说那种尽是孱弱孩子的贫困大家庭也是幸福之源。在这种氛围之下，一些官方的道学家再编纂某类言论，像什么在社会发展过程中，相当数量的"炮灰"是必不可少的，等等。

令人玩味的是，这些言论似乎不适用于这些理论家——只看到他们说得热闹，却没见到他们多生孩子。

威逼利诱或许能让少部分人信以为真，从而产生做父母的冲动，但这终归是邪道，影响不了多少人。毕竟现在早已不是神职人员动动嘴皮子，统治阶级发一声号令就可以任意统领所有人主观意愿的时代了。

如今人们都有自己的评判标准，想要他们心甘情愿地尽到繁衍责任，开空头支票是没用的，将繁衍修饰成公共责任，妄图让现代人心甘情愿地承担更是不可能实现的。

最重要的一点，世间少有男女会基于什么公共责任而生育孩子。生育绝对不是责任，大多是两情相悦的结果。宗教也好，舆论也罢，也只有以这种认识为基础，才能发挥作用。

说到这里，一切就变得显而易见了。想要保证文明延续，就要保障为人父母的幸福感。

众所周知，在没有生存压力的情况下，为人父母的幸福感最强。不做其他考虑，不受其他约束，只享受亲子关系带来的愉悦，这简直是一种福祉。

自古至今，几乎所有人都在追求这种福祉。可惜我们只能从神话传说里看到那些宠儿，比如，赫卡柏①，她是希腊传说里特洛伊国王普里阿摩斯的第二位妻子，一生孕育了18个孩子，在特洛伊城被攻破之前，她是那么幸福。《旧约》的诸多故事里，男人和女人都热衷为爱结果。至于神秘的东方，中国和日本的神话里随意可见浪漫的结合。

有观点认为这些神话是家族观念的表现。对此我不敢苟同，

① 赫卡柏：特洛伊王后，特洛伊主将赫克托尔和女预言家卡珊德拉都是她的儿女，特洛伊城破后目睹子孙被希腊士兵杀死。

在我看来，遵循家族意志的繁衍更像是毫无情感的程序化作业，这与前面提到的独立女性所接受的婚姻截然不同。现代独立女性基本脱离了家族观念的洗脑，她们的行为只为满足自己的意志。

在我看来，为人父母是世间顶级的幸福，其他任何幸福都难望其项背。我深信每个人的内心都向往这种幸福，如果有人因某些原因必须放弃为人父母的权利，那么他的人生必然是不圆满的。更糟糕的是，这种不圆满会积累愤懑、疲累、孤独等负面情绪，轻则让人失去理智，重则毁掉人生。

人的一生是如此短暂，仿佛一个趔趄，巅峰时刻就过去了。当皮肤失去光泽，皱纹爬满面庞，咬不动坚硬的食物，步履蹒跚的时候，如果这个人想要不孤单，唯有用生育子女的方式为世间留下自己存在过的痕迹。生命的长河便是如此，由一个又一个生命的延续构成。每个个体都是涌动的水珠，千千万万个水珠汇聚到一起，形成波涛汹涌的大河。因此，有意识地生育、繁衍，是人类延续文明与智慧的共识，同时又是一种原始的、自然的本能。

智者、英雄、伟人可以靠成就、功勋、事迹在历史上留下浓墨重彩的一笔，从而让自己实现不朽，即肉身消亡后仍然被人铭记。但你我都是普通人，无法像那些人一样，只能按部就班地繁衍，让孩子维持自己曾为人一世的痕迹。

　　只有那些想要抹平一切痕迹，不希望世界记得自己的人，才会拒绝生育。对他们来说，死亡才是真正的终点。但这样的人，我相信他们无论做什么都会索然无味，毕竟他们的结局只有归零。

　　对那些儿孙满堂、尽享天伦之乐的人来说，他们早已有勇气面对死亡。试想一下，当一个人弥留之际，身旁围绕着他的孩子，孩子们健康、聪明，生活得很好，那么他完全可以放心地离去。他爱这些孩子，这些孩子也爱他，有了这些爱，死亡又算得了什么呢？

　　是的，只要父母对孩子抱有爱意，那么家庭关系就拥有了一层坚固的保障。这种爱与父母之间的情爱不同，也与人类特有的博爱不同，也绝不是那种长辈见到乖巧晚辈时泛滥的喜爱，而是一种特殊的感情，涵盖了父母爱子女的天性。

　　在这方面，即使是靠着本能生存的野兽也深谙此道。大自然里随处可见护崽的母兽，它们爱孩子胜过爱配偶。兽犹如此，人何以堪？实际上对于一个家庭来说，失去亲子关系里的爱比失去夫妻关系里的爱更可怕，夫妻无爱还可以维持家庭，若是亲子无爱，那么这个家庭终有一天会分崩离析。

可惜，当下的生活节奏正在一点一滴地榨干父母与孩子之间的爱意。比如，父母外出工作，把孩子扔给培训学校，自己只需知道孩子在培训学校里的成绩即可。就算表达爱意，也是询问孩子今天学到了什么，有没有取得嘉奖、分数……如此功利，让爱深深隐藏，还在父母与孩子之间架起了一道名曰"隔阂"的高墙。面对这种窘境，有些人主张着一劳永逸的做法——让父母把孩子扔给育儿专家。这些人错了，父母对于孩子是无与伦比的存在，同样，孩子对于父母也是无法割舍的存在。

某个孩子，或许会因为智慧收获友情，或许会因为相貌收获爱情，可智慧或美貌离他而去的时候，友情和爱情会不会不离不弃呢？这是一个需要深思熟虑后才能回答的问题。亲情却不一样，父母不会舍弃孩子：孩子聪明，父母欢喜，孩子愚钝，父母也不难过；孩子英俊，父母开心，孩子丑陋，父母也不觉得丢人。父母就是这样，永远是孩子值得信赖和依靠的人。他们爱子女，早已深入骨髓，形成了本能。

不过，所有人际关系都应恪守"双方满意"的原则，如果在某种人际关系里，长期出现一方满意，另一方不满意的情形，那就形成了压迫，不满意的一方早晚会爆发。这种人际关系注定不长久。

基于这种理论，父母和孩子的关系也应遵循"双方满意"的原则。父母和孩子应该均处于某种平衡的位置，孩子不需要背负着父母重托，父母也不要强求孩子，双方相互理解、相互尊重，如此才是经营良好亲子关系的不二法门。

综上，父母在良好的家庭关系里可以得到两方面的幸福。

其一，孩子是父母生命的延续，孩子长大后也会结婚生子，那时他的孩子又成了他生命的延续，如此生生不息，便造就了生命不止的幸福。

其二，孩子刚出生时依附父母生存，将父母视为自己的一切。而父母养育孩子，为他付出自己能给的一切，这种需要感和付出感交织在一起的幸福，非为人父母者是很难真正理解的。

不过，随着孩子年龄的增大，他们对父母的需要感必然逐渐降低。这很好理解，当孩子小的时候，父母就是他的整个世界；当孩子长大了，他必然去争取属于自己的世界。这本是一件好事，但对于父母来说却有不一样的体会。原本的需要感减少甚至没有了，父母自然会产生不快，若不能及时调整，必然会引起争端，最后甚至让孩子与自己渐行渐远。

为人父母总要经历这样一个阶段：当初听话的孩子开始有自己的想法，他们顶撞自己，故意做违背父母期望的事情，比如，父母期望孩子从军，结果他却参加了乐队；再比如，父母希望孩子安安稳稳，结果孩子却总是想要冒险……

可父母也不能全怪孩子，他们应该重新审视自己，看看孩子烦恼焦虑的原因是不是在于父母过于限制孩子。很多父母便是这样，对孩子充满了各种不可名状的占有欲和控制欲，以至于忽视了孩子的个性。这些父母只想让孩子按照自己的规划前行，却不知这种占有方式常使他们入于歧途。

按理说，当代父母有着太多的途径来了解子女，他们本可以借此缓和与叛逆子女之间的关系。但是当代父母放不下为人父母的架子，扔不掉占有欲和控制欲。更重要的是，他们嘴上说着一切都是为了孩子好，却掐断了孩子试错的路。虽然本意是好的，是希望孩子不要重复自己走过的错路，但有些事不去经历，有些错误不去犯，孩子是不甘心的。

放手吧，父母们。你们要明白，试错也是一种人生权利，你们应该给孩子试错的机会，保持对儿童的敬意，这样才是真的为他们好。不要以为放手很难，只要父母将养育子女的初心放在尊重孩子天性这一点，那么一切问题便可迎刃而解。伟大的父母绝不是为孩子安排好一切，让他们只需执行不用思考，而应该是以尊重孩子的独立人格为出发点。

只要改变思维，放下架子，现代父母很容易做到上面所说的一切。尊重孩子的意愿有什么难的？放下占有欲和控制欲，父母便能在亲子关系中得到不一样的收获：不因孩子不听话而烦恼，亦不因孩子独立而失落。

我极力让父母放手孩子还有一个原因，那就是日益发达的教育。如今的孩子早已不像中世纪那样只能从父母那里习得知识与经验，他们可以从专业人士那里习得专业的知识。举个例子，现在的孩子想要学习高等数学里的微积分，他的母亲不一定有能力教他，但是学校一定有能力教他。

只是，当代社会依然存在旧思维，认为父母对子女的教育，尤其是早教阶段至关重要。举个例子，纵使有数不清的辅导班可以为孩子启蒙数学，但大家还是下意识地认为应该由孩子的母亲为孩子启蒙数学，即使这位母亲一点儿都不擅长数学。

倘若能舍弃这种思维，将孩子放手给教育专家，那么孩子能有效地学习，母亲也会轻松，省去不计其数的烦心与操劳。

一个有专门技能的女性，即使在做了母亲之后，也应该有工作的自由，这不仅对她有益，对社会也是有益的。在怀孕后期和哺乳期内，她或许不方便工作，但在婴儿出生9个月以后，养育孩子便不应该成为其回归工作的障碍。

事实上，当独立女性因为孩子的原因而放弃工作的时候，只要这位女性没有崇高到圣母的地步，那么她总会抱有遗憾，继而希望从孩子那里得到补偿。这种心态是极其可怕的，足以让原本温婉善良的女子变得嫉妒、多疑、自私。

因此，为了双方都好，独立女性无论如何都不应该为孩子舍弃一切。如果她确实有教育子女的才能，那不妨去从事类似的职业。这样，她的才能既不会被埋没，也避免了补偿心理的滋长。

如今的社会，只要尽到父母的基本义务即可，完全不用事事亲为。想要面面俱到是不可能的，其结果只会是处处有遗漏。改变思想吧，不要把教育子女的重任一味地推给母亲，她们既要工作还要操持家务，已经够苦够累的了。

我相信，哪个家庭让母亲不再劳累，哪个家庭便是最幸福的家庭。

关于离婚

万一另一半对我们不忠，我们该怎么办？

　　无论在哪个年代，在哪个国家，只要有正当的理由，人们都可以做出离婚的选择。离婚从来都不是维系一夫一妻制的有效途径。当婚姻生活糟糕到无法忍受，抑或是有其他特殊缘由的时候，人们完全可以用离婚来结束痛苦的煎熬。

　　只是在不同的国家、不同的年代，人们关于离婚的态度有所不同，尤其在法律方面有相当大的差异。我们不妨拿美国的各个州来举例，比如，在南卡罗来纳州，关于离婚的法律条款十分严苛；而在内华达州，关于离婚的法律条款却十分宽松。

　　另外，宗教信仰对于离婚也有一定的影响。在很多基督教影响不到的地方，丈夫们都有离婚权，有些地方更是连妻子都有离婚权。在中国古代的某些地方，男人只需退还女人结婚时带来的嫁妆，就被视为做出放弃婚姻的决定。而在天主教派影响下的地区，由于婚姻被视为圣礼，因此夫妻双方无论有何种理由，都不允许离婚。当然，这种不允许并不是绝对的，因为现实生活总有这样和那样的意外。

即使在深受基督教影响的地方，离婚的难易也会根据信奉新教人数的比例而起伏。众所周知，17世纪英国著名诗人约翰·弥尔顿在其所著的《离婚的原理和实施》中提出了婚姻应该建立在爱情基础上的进步观点，认为当婚姻中的爱情消磨殆尽时，人们就应该果断离婚。在我看来，弥尔顿之所以能提出如此观点，主要在于他是极端虔诚的新教徒。事实上，就英国的新教徒而言，离婚早已不是什么禁忌，只要婚姻中的一方有通奸行为，另一方就可以提出离婚的请求，而这个请求在英国大部分的教会里都可以得到牧师的许可。

除了英国之外，位于欧洲西北角，毗邻波罗的海、挪威海以及北欧巴伦支海的斯堪的纳维亚半岛的地域时常上演离婚潮。在法国，反教士主义让离婚越发容易。在俄国，婚姻中的任何一方都可以自由地提出离婚请求。只是有一点要说明，我发现俄国人认为通奸不应该是离婚的理由，也不应该受到法律的惩罚。相反，俄国人，特别是俄国的统治阶级，情人现象很普遍。

就离婚来说，法律与风俗经常因其产生冲突，这是最让人疑惑的事情。为什么这么说呢？因为在那些法律允许自由离婚的地区，离婚率不一定很高；在法律对离婚有诸多阻挠举措的地区，离婚率也不一定很低。中国便是个例子，即使他们的圣人孔子也曾离过婚①。但在中国人的观念里，始终认为离婚是件丢脸的事。反观瑞典，离婚只需得到夫妻双方同意即可，完全不用顾忌外界的看法，这在美国人看来，完全就是件不可思议的事情。不过经过我多方查证，以1922年各国离婚数据为例，瑞典每10万人中有24人离婚，美国则每10万人中有136人离婚。这个数据就显得非常有意思了，说明法律与风俗之间存在着相当大的差异。

如果要问我对于离婚的意见，我个人觉得鼓励离婚的法律举措应该酌情宽厚些。我可不是在说什么耸人听闻的话，虽然为了减少单亲家庭，世界各地的风俗都在或多或少地抵制离婚。可是不要忘了，我在前文中已经反复强调婚姻不仅仅是夫妻二人之间的事情，它还涉及繁衍与养育。诚然，婚姻总是受到各种诸如经济压力、生存压力等外力的影响，随时都有可能崩溃，但如果这些外力都成为离婚的理由，那么我们干脆不要结婚，

---

① 相传孔子因"口多言"而休妻，朱熹《四书集注》中说："伯鱼乃夫子为后之子，则于礼无服，期而无哭矣。"认为孔子遵礼法，妻出有名。

彻底地舍弃婚姻制度好了。可这种干脆真的好吗？

　　于此我们必须有这样一个共识：离婚对于婚姻，好比机器里的安全阀。换句话说，离婚制度是为了更好地保证婚姻制度而存在的。

　　以此为基础，我们再来观察宗教对于婚姻的态度，就会得出不一样的结论。比方说在天主教的教义里，离婚虽然对于生物学概念里的家庭意义不大，却属于触犯了上帝意志的"邪恶"行为。天主教认为婚姻即圣礼。无论什么人，只要举行了婚礼，便会受到上帝的庇护。婚姻中只可以夫妻欢好，任何与夫妻之外的对象交媾的行为，都是受到了恶魔的诱惑。但是对于基督教新教徒来说，赞成离婚一方面是反对旧教教义，一方面是在他们看来婚姻反倒是造成通奸行为的重要原因。这个逻辑听起来有点滑稽，但若是对于没有感情的夫妻来说，勉强维持的婚姻的确很难让他们为其保持忠诚。于是新教徒认为，若是可以顺畅地离婚，那么通奸这种罪恶行为或许可以避免。总之，在新教影响下的国家，离婚可以得到人们的认可，通奸则会遭到人们的唾弃；而在那些不鼓励离婚的国家，纵使国民在道德上不认可通奸，却对男子包养情人的行为熟视无睹，不做过多评论。高尔基便是典型的例子。高尔基在13岁时爱上了漂亮的寡妇，后来又与有夫之妇奥丽迦·卡梅涅茨卡娅坠入爱河，长时间保持情人关系。在1906年，高尔基甚至将当时还是他人妻子的玛丽娅·安德烈耶娃带到了美国。但这一切并不影响他在俄国人心中的崇高地位。只是在美国，高尔基的行为遭人不齿，因此他在美国的境遇并不美好，甚至没有一个旅馆肯容许他住宿。

话说回来，新教徒与天主教徒都是凭借主观意愿考量离婚，在这一点上二者是共通的。

先拿天主教徒举例。天主教徒认为精神错乱者不适宜生育子女，并且若是丈夫或者妻子在婚后患上了精神疾病，他们也不应该在和子女生活在一起。或者干脆一劳永逸，为了不影响子女的成长，即使身患精神疾病者的病症有所缓解，或是有短期恢复的情形，夫妻双方也都最好完全地分居。但完全分居就意味着夫妻不能进行合理的性生活，这对生理正常的人来说，简直就是一种酷刑。患有精神疾病的一方还好，精神疾病让他们脱离了欲望的折磨，但精神正常的一方只能像苦行僧那样禁欲，至少教义和世俗期望他禁欲。但欲望如洪水，只能疏导不能堵截。压抑得久了，总有人会选择与婚姻关系之外的人进行肉体交流，从而缓解自己的欲望需求。肉体交流有一个苦果，那就是如果保护措施不当，很容易产生一种名曰私生子的结果。这种结果必然是对原有婚姻的伤害，同时也是对该结果本身的伤害。

对于已婚人士来说，性爱是他们已经尝过的美妙权利，让他们完全舍弃这种美妙是不现实的。更重要的是，舍弃性爱会让人在肉体方面失去活力，在精神方面失去生机。毫不夸张地说，努力克制自己在性爱方面欲望的人，很容易走向乖张易怒的歧途。男性在这方面的困扰更严重，得不到满足的性需求会让他们逐渐丧失自控能力，以致最终做出某些禽兽行为。更糟糕的是，做出禽兽行为的男性还会因为罪恶感产生某种不可名状的刺激，这种刺激会加快沉沦的步伐，让他们在欲望的海洋中迷失，最终堕入无尽的深渊。

所以，超越婚姻之外的性爱总是不好的，即使没有造成私生子这种恶果，我们也应该坚决地抵制。再者说，若是没有生育子女作为结果，平日里的来往尚需偷偷摸摸，那么这样的性爱关系也不会得到有效的保障。

但矛盾出现了。若是婚姻中出现一方患上精神疾病的情况，按照天主教的教义，这意味着在这段婚姻里不应该生育孩子，可不生育孩子又违反伦理，也不符合社会的发展。

一些手眼通天或是富可敌国的人士倒是可以维持婚姻之外的家庭，他们甚至可以通过某种干预来保证婚姻外的性爱结果有正常的成长途径，但这不是一般人能做到的。大多数人没有财力、精力去应对婚姻之外的关系，更不用说抚养婚姻关系外的结果了。因此，除了有巨额产业的富豪、作品可以卖出天价的艺术家、版税收入不菲的作家之外，人们还是恪守一个家庭的准则较为妥当。

然而，道理大家都懂，具体落到个人身上却是有苦自知。阻碍婚姻的除了精神疾病，还有这样或那样的难以忍受的疾病，像花柳病、偏瘫症、脑痫症、习惯性犯罪、习惯性酗酒等，如若遇上这样的情形，其配偶将处在一种难以忍受的状态。这种情形之下，唯一反对离婚的说法或许是：婚姻本就是一个陷阱，既然不小心落网，就只能通过受苦来忍受。

实际上，离婚并不是什么十恶不赦的罪状，反倒有可能是一扇名为"解脱"的大门。纵然从法律的角度来说，离婚一定要有足够的理由、有效的证据，但若是一方有心阻挠的话，有可能遮掩住所有的理由与证据。比方说深受家暴迫害的已婚妇女，想要通过离婚结束自己的苦难生活，但是作为施暴者的丈夫却屡屡破坏证据，从而让离婚变得不可实行，这对受到家暴迫害的已婚妇女来说无疑是不公平的，但现实生活中这种不公平却总是存在。

反之，一些有心人也会利用法律上的漏洞达到自己离婚的目的。在中世纪的英国有这样的先例：某位丈夫谎称与妻子玩一个游戏，让妻子心甘情愿地接受自己用鞭子抽打。妻子还以为丈夫这是在和自己调情，欣然接受。殊不知丈夫故意让仆人看到了一切，目的是留下家暴的证据。也就是说，妻子本以为是在闹着玩，丈夫却借此离了婚。这个例子听上去有些奇葩，但不可否认的是，社会上总有人会利用法律做些恶事。

只是我并不是执法者，更不是立法者，法律不周全的地方不在我的考虑范围之内，在这里，我们还是继续讨论更为广泛的离婚问题吧。

在我看来，有一个问题值得我们深思：万一另一半对我们不忠，我们该怎么办？

人非圣贤，孰能无过？再加上总有这样那样的诱导，我们很难确定另一半可以随时随地保持清醒。他们很有可能在某一瞬间产生冲动，意志力强的另一半或许能恪守忠诚，但若是某个在外出差数月的男子，恰好又处在精力旺盛的年纪，那么无论他怎样爱他的妻子，都很难保证自己在任何时刻都能保持清醒。假使有个妙龄女郎恰好在这时给了该男子某种暗示，各位觉得该男子会不会顺应这种暗示？又假使该男子真的顺应了这种暗示，做出了某些对不起妻子的行为，那么他的妻子该不该原谅他呢？

虽然大众普遍认为出轨不可容忍，对待出轨者应该强烈谴责，并且干净利索地结束一切。然而现实却往往是妻子忍气吞声，选择默默舔舐伤口。更有甚者，妻子认为丈夫偶尔的放纵并不影响二人的感情，丈夫对那些莺莺燕燕不过是逢场作戏，只要没有忘记回家的路就好。这种卑微不仅出现在妻子身上，有些丈夫为了所谓的顾全大局，也选择了忍气吞声。事实上，旧时期的某些国家，对另一半出轨的容忍甚至被当成一种美德。譬如在古老的东方，那里的人曾推崇一夫一妻多妾制，妻子以"不妒"为荣。

当然，"不妒"大多是以出了轨却没有结成果为前提，一旦出轨有了结果，也就是诞生了私生子，那么一切就变得十分微妙。试想一下，倘若某个妻子生下了情人的孩子，那么这位妻子的丈夫就会面临十分尴尬的问题：他该不该抚养这个不属于他的孩子呢？从生物学的角度来说，这位丈夫既然不是这个私生子的父亲，那么他就没有养育的义务，但从社会学的角度来说，为了避免受人耻笑，这位丈夫只好装作毫不知情。

本来，适宜于离婚的理由无非有两种：其一是夫妻双方有一位或两位都有某种缺陷，比如患上了精神疾病、有暴力倾向等；其二是有一方或双方发生了不忠于对方的过失。然而这两种理由都或多或少受到了宗教、法律、世俗的干扰。换句话说，即使是在崇尚自由思想的现代社会，离婚都不是一件容易的事情。

可是，宗教、法律、世俗似乎都没有考虑到这一点，那就是勉强维持的婚姻很容易造就不可挽回的苦果。社会新闻里经常出现夫妻感情不和导致一方杀人的案件。而那些觉得病妻或病夫是累赘，但碍于各种压力无法离婚，最终走上极端的案件也不在少数。

对于有这些问题的夫妻来说，我不认为强迫人们继续维持婚姻的法律条文，可以挽救事实。我觉得，双方应该有离婚的自由，现如今各国的法律也早已出现了支持离婚的条款。

只是有一点我们必须要明确，我鼓励离婚是出于夫妻双方都能拥有更幸福生活的目的，我绝不鼓励那种只为满足某一方不可告人目的的离婚。

你们懂得，总有些人为了私欲，甘愿做一些让人不齿的行为，比如，买通他人捏造莫须有的私通证据，抑或是用荒谬的说法刻意营造自己在婚姻中受到的委屈。比如，居住在加利福尼亚州的某著名影星的妻子，以受到虐待为由向法院提出了离婚请求。而她受到的虐待居然是因为该影星经常邀请朋友在家里谈论哲学家康德。诚然，康德的哲学在一些人看来佶屈聱牙，但就此声称自己受到了虐待，未免有些小题大做。不知道加利福尼亚州的陪审员听到这位妻子的说法时是什么态度，于我来说，仿佛听到了最好笑的笑话。

　　法律是严谨的，不会偏听偏信，更不会将常理之外的说辞作为离婚的依据。即使是前面提到过的，因夫妻一方或双方患有某种疾病而提出的离婚，都需要双方共同出席、共同交流后才能判决离婚是否成立。与此同时，法律关于夫妻财产的划分也有明确的条款，让离婚双方的经济利益都能够得到保障。并且对于孩子，法律也规定了离婚后双方应尽的义务与应得的权益。所以，在法律面前，离婚是可以接近甚至达到了我所说的"为了夫妻双方都能拥有更幸福生活的目的"。

　　然而，关于离婚的法律已经如此详尽，但离婚还是有世俗这个拦路虎。千百年来，虽然时代在发展，世俗或多或少也有些改变，但在离婚方面，世俗一如既往，总是在阻碍离婚。我理解世俗鼓励维持婚姻，反对离婚的主张，但婚姻终究是夫妻双方二人的事情，应该由他们两个人做决定，外界的任何干扰都是一种不恰当的压力。我们总能听到社会上发出这样的声音，称就算为了子女，父母也应该维持婚姻，就算维持不了，至少也要支撑到子女长大成人。但发出这样声音的人，你们理解这种支撑是多么苦楚吗？万一当事人支撑不住，肉体出轨，最后生了私生子，这样对于他的子女也是好事吗？或许受到的伤害只会更加严重。并且我可以断言，私生子也不会好过，他有极大的可能患上心理创伤。

肉体出轨极易形成习惯，这也就是我们前面提到的出轨只有零次和无数次。对于已经习惯肉体出轨的人，我认为只有离婚、只有彻底地远离才是唯一重获幸福的方法。

我奉劝习惯性出轨者，如果你们有孩子的话，请在失去理智前抽空想一下他们。但凡一个人有爱子之心，他就应该约束自己的行为，竭尽全力为孩子营造一个美好的成长环境。从某种意义上讲，孩子是为人父母者最好的约束，但凡想到孩子，花花公子都会收敛心性。这是一种人类的本能，不需要做任何引导，便可自然触发。

有人说，假如丈夫与妻子不再相爱，对于婚外的性行为，彼此也不阻止，那么他们就不能充分地合作，以教育他们的子女。学者沃尔特·李普曼在《道德绪论》中便如此写道：没有爱的夫妻不会像罗素先生期望的那样，牢记自己身为父母，应该在养育子女方面通力合作。相反，子女对于他们来说更像是某种急于摆脱的累赘。

需要指出的是，亲爱的李普曼似乎理解错了我的期望。我一贯认为没有情爱的结合不适宜繁衍子女。繁衍子女一定是建立在夫妻双方有或曾有过情爱的基础之上。另外，即便是没有情爱的夫妻，依然是有情感的人类，不是无情的死物，不可能对诞生于自己体内的生命无动于衷。那种"父母对于儿女没有感情，只有责任"的说法无疑是错误的，因为这种说法忽略了亲子之情。要知道亲子之情是一种即使夫妻感情完全破裂仍能保持牢不可破的强力纽带。

恕我直言，在中世纪的法国，丈夫以拥有情人为荣，妻子也不以出轨为耻。但让人意外的是，这些放纵行为并不影响当时的法国家庭。丈夫和妻子在外欢乐之余，反倒可以充分地尽到为人父母的责任。而在美国，虽然与情人私通不是什么值得炫耀的事，但美国人的家庭观念十分薄弱，因此离婚率非常高，同时也造就了相当多的单亲孩子。这些单亲孩子是不幸的，他们本应受到父母的关怀，但是父母的离异让关怀变得遥不可及，单亲孩子甚至还需要忍受父母因为离婚而产生的坏脾气。

因此，我有了这样的结论：离婚的父母是没有尽到为人父母的责任的。但是，若这些离婚的父母能够妥善处理自己的情绪，不给孩子带来负担，同时又能尽到为人父母的责任，好好养育子女，那我是支持这样的离婚的。

总之，离婚在全世界任何一块土地、任何一个国家都是值得多方面考虑的社会问题。诚然，为了子女能够幸福成长，为了社会的稳定，我们应该鼓励稳定的婚姻关系。但这种鼓励绝不是要求我们在婚姻中一味地忍让、妥协。我不否认有些婚姻关系诞生于激情产生的冲动。但既然已经形成婚姻，就要正视婚姻之中夫妻双方需要担负的责任。我也不否认，婚姻关系中有一方或许会因一时的激情而出轨，但我认为大家一定要分清这种出轨是偶然还是习惯。对于偶然性出轨，我希望当事人慎重考虑离婚；对于习惯性出轨，我强烈建议当事人毫不犹豫地离婚。毕竟，若是离婚能让夫妻双方都能拥有更加幸福的生活，那么我是鼓励离婚的。

我所理解的幸福

何谓幸福？于我来说，幸福就是被理智的爱所包围。

从古至今，幸福总是见仁见智的事情，每个人都有自己的理解和评判标准。这虽然让众生相日益多彩，却也让幸福很难适用于所有人。举个例子，古代贤者不喜热闹，认为在森林中独居便可得到幸福；而现代人认为在热闹的城镇中居住可以享受便利，这才是幸福的生活，而住在远离市镇的森林小屋，会让生活变得艰难。因此，任何人都不应该对他人的幸福观指手画脚，更不应该将自己的幸福观强加给别人。

但这并不意味着我们不能与他人讨论幸福。相反，我们更应该与他人分享自己的幸福。这是因为每个人的幸福观都不是一成不变的，它会随着人的视野、经历等方面的成长而成长。在这里我想先谈一谈我个人对于幸福的理解，如果能得到赞同再好不过；如若得不到赞同，能引发大家的思考也是很好的。

何谓幸福？于我来说，幸福就是被理智的爱所包围。

可能有人要发出疑问，理智与爱不是像各执一词、理念相悖的仇人吗？要知道在日常生活里，往往是有爱就不会有理智，有理智就不会有爱。然而我亲爱的朋友，你们是把极端个例普遍化了。理智与爱就好像两条不平行的道路，总有交汇于一点的时候，而那个交点，我愿称之为幸福。

我曾向大家阐述过爱与理智之间的关系。现在我再强调一下：没有理智的爱实际就是纵欲。事实上，我们若是参照历史事件，就会发现没有理智的爱很有可能让人做出降智行为。比方说在中世纪欧洲爆发黑死病的时期，教士本应该恪守理智，舍弃博爱心理，将病人进行隔离。但有些教士却被博爱冲破了理智，收容了一切可以接纳的病人。虽然这些教士给予了病人令人感动的关爱，但同时也加大了他人被传染的概率，结果往往导致教区的所有人都受到了瘟疫的袭击。

综上，唯有爱和理智同时存在才能称之为幸福。但是从某些方面来看，爱要稍稍凌驾于理智之上。毕竟爱可以产生旺盛的动力，而理智在很多时候会变成我们前进时的阻力。不过，若一个人失去了理智，完全按照个人喜好去试探自己的幸福范围，那么必将事倍功半。健康便是这一论述的最好佐证。一个身患酒毒之人，需要的绝不是舍命陪酒的朋友，而是一个理智的、能够阻止他透支生命的医生。当然，如果这个身患酒毒之人已经到了油尽灯枯之际，那么放弃理智，满足他最后心愿的行为也是可以被理解的。

值得注意的是，一个人是否幸福应该要看他的各种情感需求能不能达到他的评判标准，而不是单一地只看他关于爱方面需求的满足情况。请大家注意，前面这句话里的"爱"指的是类似情爱的小爱，而我前面使用的"爱"取的是仁慈大爱的词义，用"爱"字指代所有的情感，并不违和。

另外，我们还需明确何为"喜欢"何为"爱"：对于死物，我们产生的任何情愫都属于喜欢的范畴，即使这种喜欢会让我们如痴如醉，进入某种忘我的境界，比方说为了一幅画、一架古琴舍弃所有身家财产。一般来说，孩童最难区分什么是"喜欢"什么是"爱"，而成人则相对容易一些，因为成人习惯万事以计较得失为前提。

还有，我们在讨论幸福时也不应该将极端的大爱考虑在内。那些普度众生的圣人、对所有生命一视同仁的神明就身怀这种大爱，且不说这些大爱一般人做不到，恐怕圣人、神明也不需要从这些大爱中汲取幸福。

亲情里那些永远不计回报的父母之爱也是如此，虽然这种爱值得我们脱帽致敬，但对于讨论幸福这个问题来说，这种爱并没有多大的价值。这也很好理解，父母会因为自己生下了英俊的孩子而高兴，若孩子的样貌平平无奇，也不会觉得有任何不妥；即使孩子丑陋无比，也不会觉得这个孩子给他们带来了不幸。这并不奇怪，文学作品里有太多关于亲情之爱的歌颂，我们也早已习惯接受父母这种不计回报的爱，并且有朝一日当自己身为人父人母的时候，也会一如自己父母那样无私地爱着孩子。

只是，身为人父人母的大爱完全抛离了利己主义，更像是一种特例。而我们讨论幸福的时候，不能用特例来说明普遍问题，更不能无视私欲。

在我看来，无视私欲的爱是扭曲的。反倒是那种顺应私欲、有付出有回报的爱才会让人觉得幸福。同样是亲情中的大爱，虽然父母不求回报，但若孩子能投桃报李，回馈爱给父母，那么父母将更加幸福。两性之间的爱更是如此，若是两情相悦，那么爱便是让幸福生长的养分；若是爱没有回馈，只有一方付出，那么这种爱肯定会产生负担，轻则产生妒忌，重则因爱生恨。

人不可能控制自己全部的情感。那些无私大爱或许会让人心生敬仰，但大家想过没有，如果你的爱人把你与他人一视同仁，都给出同样份额的爱，那么，他真的是爱你吗？你真的确定这是爱而不是某种俯视型友善？当爱不掺杂任何私欲的时候，我们很难不把这份爱视为冷淡与寡淡。除非是弥留之人或呱呱坠地的新生儿，否则有爱之人一定会希望爱能满足自己的期望，这种满足欲恰恰是人类最可爱的地方。

很多时候，人们把友善与爱混作一谈。这是极其错误的认识。诚然，友善可以源自爱，但这种爱更像是一种上位者的礼貌，有着严格的界限，不容许丝毫的僭越。与之相反，爱会默许冒犯，会纵容冒犯。或者可以这么说，爱就是由一个又一个的冒犯组成的。爱绝对不是相敬如宾，更像是一种兽性，需要以占有欲为基础，在满足欲中升华。

我们渴望爱，同时也更渴望社会可以在和谐的气氛中发展，而不是回归原始。因此，在追爱的道路上，我们还需要运用理智来时刻引导方向。

理智是一味黏合剂，可以牢牢地把喜欢、友善、共情黏合在一起，形成爱这种构建幸福生活所必需的元素；理智更像是一种过滤筛，可以筛去不合时宜的爱，筛去违反人性的爱。如果我们爱得发狂，爱得失去了理智，那么爱一定会变成累赘，非但不会让生活变得幸福，反倒会拖累我们的生活。更重要的是，一个人的爱总归是有限的，不可能源源不绝地产生，所以我们的爱一定要有取舍，难道像蛆、蚂蟥、寄生虫这样的秽物也值得我们去爱？我们可不是普泽万物的神，我们是人，有喜欢有爱同时也有憎恶的人。

不过，理智绝不是克制，它有界线，但界线又不太分明。举个例子，如果一位男士心仪一位女士，而这位女士有众多追求者，那么这位男士绝不应该理智地计算自己有多大机会追求成功，他更应该像个莽夫一样去争取。在我看来，爱是极其矛盾的情感，它一方面需要理智来控制，一方面又需要欲望来发酵。在理智与欲望达到某种微妙的平衡时，爱才是最美好的情感。太过理智的爱枯燥乏味，更适合苦行的修士与追求天道的哲人，俗世之人还是稍微地为欲而爱吧！

对爱来说，理智也不是一成不变的阻力，有时更是爱的动力。现实生活里我们经常遇到这样的情况：我们爱上了不该爱的人。此时，保持理智不会浇熄我们心中爱的火焰，而是会引导它前往应该燃烧的方向。换句话说，当我们爱上了不该爱的人，强行抑制爱意未免强人所难，我们可以爱，但爱的行为一定要受理智的引导。

现在还有一个问题，就是我们该如何保持理智？我认为唯有科学知识才是让我们保持理智的不二法门。是的，我说的是科学知识，而不是道德知识。在我看来，实际上就不应该有道德知识这一概念。人类的进化，劳动力的发展，经济的增长，生活环境的改善，无一不是科学知识的结果。只是有的科学知识在日积月累中形成了道德习惯。也就是说，道德源自科学，并且是经得起考验的科学。但不要忘了，人类发展的一切科学都是为了满足人类的欲望。按照这种逻辑，那么道德的本质还是为了满足人类的欲望。因此，我们说科学知识的时候就已经涵盖了道德知识。

然而，很多哲人、学者、思想家却忽视了这一点，他们总是把道德知识单列出来，作为与科学知识并肩的存在。这么做的结果是我们在处理与之相关问题的时候产生了重复的结果。举个例子，假若你的家人患上了某种当下医学可以解决的疾病，那么你需要做的是选择拥有相关医疗知识的人处理疾病即可，而不是在道德方面探讨你的家人该不该救。当然有些人可能不知道希波克拉底誓言，不知道医者眼中没有罪犯或圣人之分，也没有财主或奴隶之分，他们的眼中只有病人。

有趣的是，掌握科学知识的医者不会被所谓的道德束缚，即使他们倾尽全力救助了一个十恶不赦的罪人，人们也不会用违反道德来谴责他，反而会盛赞他有职业道德。因此，关于道德的标准我们应该交予执法者与立法者，由他们制定出更有利于社会发展的标准。而我们所要做的或者说我们所能做的，则是接受这个标准。同时，在这个标准之内，我们更应该运用科学知识尽可能地满足我们的欲望。这样做的好处有两点，一是我们会得到他人的认可，二是我们收获了满足欲。

如此，我们便可以更好地理解何为幸福了：幸福不仅是"我"被理智的爱所包围，还应该是"我们"被理智的爱所包围。在人与人密切交往的现代社会，我们不仅需要被别人爱，更需要爱别人。

如何追求自由和幸福

如果我们能够在解决自身生存的问题上抽身，那么便可以自豪地说自己已经实现了自由。

前面一节探讨了该如何理解幸福，接下来我将与大家探讨一下该如何追求幸福。我知道有些人早已敏锐察觉到了问题，只是缺乏解决问题的方法。因此我决定像烹饪教材那样，详细列举追求幸福的方法和操作顺序，以供大家按图索骥。当然我承认这也是我一直想要做的事情，因为接下来要说的和我的个人经历息息相关。

当然，我也知道有些人，不用听我的方法就知道应该如何追求自己的幸福——只要能提高收入，就会觉得幸福，相信有这样想法的人不在少数。这当然是一个经济社会体制下理所当然的答案，我也不否认追逐财富会让我们很容易过上幸福的生活。只是在我看来，财富带来的不仅仅是幸福，还有可能带来不幸。试想一下，我们身边那些富有的朋友，他们的生活就真的自由或者幸福吗？是不是在某个方面也是不幸之人呢？而那些穷困潦倒的朋友，难道就是完全的不幸之人，没有半分幸福的时刻？而我们中的大多数人，既不是富可敌国的寡头，也不是食不果腹的贫民。但是介于极富与极贫之间的我们，才最容易追求到幸福。

我承认，经济基础是追求幸福的必要条件。毕竟人离不开衣食住行，若是吃不饱、穿不暖、没有足够的金钱供养孩子，那么追求幸福就变成了一种空谈。但在经济基础之外，我们还有更多值得思考的地方。事实上，过度地追求财富并不会让我们觉得幸福，反而极易形成空虚感和失落感。因此我大胆放言：追逐财富并不是追求幸福的终极答案。

实际上，现代社会已经很好地解决了大多数人的温饱问题。但不可否认的是，无论哪个国家、哪种社会体制，都会出现贫富差距的问题，不可能做到理想中的平均分配。在这一点上，我们任重道远，因为这说明当下的社会经济还没有富足到满足每一个人的欲望，我们还得学会在力所能及的经济基础上追求幸福的方法。

在历史长河里，除了财富，关于追求幸福还有另外一个答案，那便是来自清教主义的寡欲。众所周知，清教主义起源于英国，在美国得到了实践与发展。对于早期的美国来说，清教主义有着推动个性解放，促进劳动观、职业观、财富观的积极意义，此外还奠定了美国主流文化价值观念的基础。但请大家注意，时代在发展，人们的思想也在逐年改变，清教主义早已跟不上当下的生活节奏。比方说清教主义里对于追求幸福的态度，如今看来未免不合时宜。清教主义讲究寡欲与克制，排斥追求幸福的行为，视其为堕落行径，称其为享乐主义。关于这一点我不敢苟同，虽然我也不推崇享乐主义，但我认为享乐主义与追求幸福完全是两个概念。追求幸福应该是每个人应得的权利，不应被某种教义刻意束缚。

我不是无的放矢，纵观清教主义的发展轨迹，我们可以清晰地发现其在相当长的时间内一直试图让人们认为享乐有罪。而这种试图则成了清教主义与人文主义屡屡发生摩擦的导火索。诚然，清教主义有好的一面，比方说主张简单、实在，过在上帝面前人人平等的信徒生活，反对奢华、繁文缛节以及形式主义，然而请大家注意，清教主义里的"清"绝不是"清心寡欲"那么简单，它更像是"清除"这种极端含义，而清教主义清除的对象，便是人文主义。事实上，熟悉清教主义历史的人都明白，清教主义甚至敌视文艺复兴时期的人文主义文学艺术。在我看来，任何艺术都有其存在的意义，抵制艺术始终是一件毫无意义的事情。

除了"享乐有罪"，清教主义在工作观念方面的影响也导致我们在追求幸福的道路越走越窄。年幼的我便深受其害。我的祖母曾对我进行各种定向培养，期望以此将我驯化为虔诚的清教徒。可我并没能如她所愿。相反，我更希望自己能够违背清教主义里机械的生活方式与工作态度，全身心地享受悠闲。我曾不止一次地在公共场合宣扬悠闲主义，并且未来会将我对于悠闲的理解写成文字分享给大家。对于深受清教主义影响的美国人来说，他们并不认为在和煦的阳光中伸个懒腰是一种幸福，他们认为只有充实地工作才是幸福的真谛，工作时的偷懒行为简直是一种亵渎。可大家有没有想过，这种思想好比一根鞭子在时刻鞭打我们，不给我们任何喘息的时间。在经济发展的初期，我们的确需要勤奋工作来保证生活，并且还可以为子孙后代留下一笔不菲的遗产，让他们能够更好地生活。可是，勤奋工作总要有个尽头，各位真的确信今生努力工作，来生会踏入天堂吗？

在我看来，比起修来生，修今世更值得也更现实！

为了踏入天堂而努力工作，抑或是为了子孙而逼迫自己无视今世所需，压榨自己，无非是为了谋求不确定的未来利益而牺牲当下唾手可得的幸福。这是一笔不划算的买卖。未来是不确定的，谁也没有十足的把握。举个简单的例子，我们拼死挣下的资产，很可能因为通货膨胀而变得一文不值。因此，我敬佩那些敢于着想未来，不惜为此拼上全部的人，但是我并不赞同这些人的做法。

在这里我讲述一个我切身经历过的例子。我曾在游历欧洲时偶遇一位中年美国商人，这位商人显然深受美国式清教主义的影响，居然会因为外出旅行而烦躁。他与我交谈时，句句不离工作，似乎唯有工作才是他生命的全部，而休闲娱乐都是浪费生命。我对此表示遗憾，如果一个人将所有的生命都贡献给了工作，甚至为此扼杀了所有的兴趣，那么他的人生必定枯燥乏味。

大家有没有想过：为什么法律里总会有关于工作时间的规定？这其中之一是为了保证人类的生理需求，比如，吃饭和睡眠时间；二是为了让人有休闲娱乐的时间，从而保证精神饱满，以便更有效地工作。

但当我告诉一个清教徒每天只能工作4小时的时候，他却惊慌失措地问我剩下的20小时该怎么办？从那以后，我更加确信分享悠闲主义有多么必要。

目光短浅的人，眼光决定了他的上限。毫无疑问，他的路只会越走越窄。同样，若是将一个人的生存目标简单粗暴地局限在某一点上，那么他的人生必然不会丰富多彩。试想一下，如果一个人只顾着攀登某座名为工作的高峰，忽视了友情、爱情、艺术、科技等无限美好的乐趣，那将是一件多么可怕的事情！于我来说，于大多数人来说，赚钱这种事并不值得我们付出人生里的全部时光。

我承认世界上有形形色色的人，其中总有一些将工作视为生命至宝的人，我并不想否定他们。相反，对于这些人我愿称其为匠人，奉上我最诚挚的尊敬，并且不建议他们放弃一直以来的坚持，也不建议他们接受享乐主义。然而，总有人把享乐主义想得太过简单，以为该主义的目标不过是满足欲望。可满足欲望不但是最低级的享乐，还往往受到世俗道德的谴责。虽然历史上也有只顾满足一己私欲而无视道德法则的狂人，但你我都是普通人，在追求幸福的道路上总要有所收敛。

在这方面，我认为中国人的理念与行为展示了他们的聪明才智，因为他们拥有能够施行的官方道德。反观西方诸国，枉称发达社会，自称道德标准早已发展到其他国家不可企及之处。可我们关于享乐方面的道德却简陋到让人汗颜。我甚至想大声呐喊，痛斥西方诸国当下盛行的克制型道德标准。我不明白，为什么在西方可以堂而皇之地将禁欲作为适应于所有人的普遍标准，难道人们就要违背本性，没有权利去追寻更加斑斓的人生吗？

人们的情感虽然有千万种，但归纳起来无非两类：其一为开放型情感，比如，希冀、对艺术的热爱、创造性冲动、爱情、求知欲和仁慈等；其二为压抑型情感，比如，暴戾、凶残、惊恐、惧怕、嫉恨、妒忌等。在我看来，唯有满足人们开放型情感需求的道德标准，才是适应于大多数人的道德标准，因为开放型情感需求会让我们的生活更有滋味而不是枯燥单一。

我个人的能力有限，不可能跟每个人一对一地讲述我的理念，也不可能让每个人都顺应我的理念进行各自的生活。当然也有可能会让一些人感到不适，比方说那些怨恨者，靠着仇恨支撑自己活着的人，他们早已忘记了上一次满足自己的开放型情感需求是什么时候，此时跟他们聊爱、聊温暖全是在做无用功。另外，即使在讲爱的时代，我们也不可忽视恨。实际上，恨在通常情况下仅仅被视为一种个人情感，用于表达某种情境下带有负面意义的心理活动。可不能忽视的是，怨恨不仅仅会作用在遭到敌视的人身上，其首先作用的对象是产生了怨恨的人本身，在哲学家尼采的著作里，就有怨恨这种自我毒害的观点。同时，当这些怨恨他人且同时怨恨自我的人达到了一定数量的时候，恨就从一种个人情感上升到了社会现象——怨恨者在进行自我毒害的同时为了消除这种毒害，会选择对社会价值进行颠覆。在现代社会，这种颠覆行为造成的后果更为严重。或者可以这么理解，所谓的现代道德伦理反而会导致怨恨产生，为了能够保证自己在社会中生存，怨恨者便会选择以牺牲幸福生活为代价的机械化生活方式，这就导致了某种恶性循环的产生，即人的生命价值不可避免地走向没落。

我个人对此表示遗憾，如果现代道德真的全部都由恨产生，并且是以牺牲幸福生活为代价，那么我愿意做那个敢于打破道德枷锁的勇者。不过有一点值得庆幸，现代道德标准没有那么极端，它总是涵盖了某些积极型情感在内。如果我们能控制好积极型情感与消极型情感的比例，那么我们的生活必将更加美好。

不可否认，社会上总是不乏道德家，面对形形色色的人和事，他们习惯站在道德的高地上审判一切。有些道德家甚至以此为乐，我就曾听说某位贵族专程从君士坦丁堡赶到安济奥，目的却不是欣赏安济奥迷人的海景，而是观看折磨俘虏的酷刑。这位贵族并不是个例，有太多的人将自己的快乐建立在别人的痛苦之上。

在我看来，这些人之选择这样的取乐方式，其根本原因在于他们的生活总是处于某种压抑的阈值之中，时刻等待着释放。我不知道这是不是人性本恶的具体表现，但我敢肯定世间没有毫无缘由的恶，恶的根源还是在于恨这种消极型情感。若是一个人被这种消极型情感占据了思想，且不说他会做出恶的行为，受其影响的人，也会做出可怕的事。

我坚决反对用恶谋求幸福，为此我曾一度苦恼，不知道该如何让人们赞成我的观点，也不知道该如何表述我所追求的幸福，直到后来我在《圣经·新约》的《四福音书》里找到了答案。《四福音书》里有一段内容大致说：别总去想你缺什么，多想想你有什么。这段内容很多人都听过，但没有多少人能切实做到。如果我们能把它贯彻到我们的生活中，那么首先我们便能更加轻易地获取满足感，从而让生活变得足够幸福。其次，它还代表了一种不去强求的态度，这对于生活来说属于难能可贵、无忧无虑的自由。而当我们熟练掌握这种生活态度，并且用其处理我们在生活上、工作上、情感上遇到的各种问题的时候，便意味着我们不再害怕恐惧。恐惧是一种本能，在各个国家都有让人不寒而栗的神话，在各个宗教也都有让人毛骨悚然的故事。恐惧无视年龄，是一种无差别攻击性武器，既能摧毁老人和孩子，也能让青壮年崩溃。不过，恐惧并非不可战胜，自由的生活态度便是战胜恐惧的有效武器。

远古时期、中世纪，甚至是十几年前，在没有系统地研究恐惧这种消极型情感的时候，人们用宗教信仰抵御恐惧，然而其功效并不能让人满意，即使人们能够熟练背诵各种教义，却仍然在恐惧面前瑟瑟发抖。讽刺的是，几乎所有的宗教都有关于恐惧的内容，比方说天罚与灾难。可是大家想过没有，比起天罚，灾难产生的恐惧对人们更为致命。我们身边就不乏这样的人，灾难降临前，几乎要吓死自己，灾难真的降临时，反倒咬牙撑了过去。所以我想说，与其在恐惧中担惊受怕，倒不如豁达地面对一切，正如《新约全书》说的那样，别去想你将吃什么或喝什么，也别去想你将穿什么。只要未来的灾难还没到来，就享受现在的幸福吧！

在我的印象里，没有人想要过满是拘束与压抑的生活，每个人都向往自由与开放。对于人类这种创造型高等生物来说，最不可缺少的反倒是如同动物本能一般的闯劲。需要注意的是，我所说的闯劲并不是一闪即过、事后悔恨的冲动，而是那种驱使我们不断探索、接受未知、挑战恐惧的动力，比方说创作艺术的欲望、求知科学的动力以及这样或那样的热情，等等。

然而总有些人，在这种闯劲并没有影响到其他人的情况下，选择刻意扼制它，结果同时扼制了自己追求幸福的脚步。举个例子，一些保守派人士、社会批评家总以说各种"不能"为乐，否定一切尝试性行为。对于这些人，我可以断言，他们的幸福虚无缥缈，幸福女神也绝不会对着这些丧失了闯劲的人微笑。

有趣的是，现代社会总有一种名曰"克制"的声音，要求人们克制自己的闯劲。例如很多人推崇相敬如宾的夫妻关系，认为热忱忘我的爱情只能出现在诗词、小说里。然而我想说，且不说维持生活，即便是维护情感方面，闯劲都是必须有的。爱人之间若是保持心如止水，那么他们的爱必将是虚幻的。换句话说，没有闯劲的爱就不是爱，我更愿称其为带有冷漠意味的礼貌。更糟糕的是，随着时间的推移，这种礼貌会变成伤人的利器。另外，我不明白为什么我们可以在诗词、小说里讨论轰轰烈烈的爱，到了现实生活中却要克制。我认为在现代社会我们更应该放开胸怀、正视自我，讨论那如同太阳般炽热的爱。

华尔特·惠特曼曾这样说，动物不会因为食物的匮乏而充满牢骚，也不会因为居住的窝不够温暖而絮絮叨叨——他们总是随遇而安。对此我表示赞同，并希望借用他的这段话来表述我关于追求幸福的观点：满足现状的人比那些总是幻想的人要幸福，因为他们用积极型情感战胜了消极型情感。

我承认既然生而为人，就不可能时刻按照华尔特·惠特曼所说的动物思维来生活，因为人的眼光不可能仅仅局限在眼前。我们总是习惯性地规划未来，为明天做好准备。但不要忘了，人并不是在个体生活，而是在群集型生活，如果大家只考虑自己，那么社会形态都将不复存在。因此我们的规划一定要考虑到他人，不能因为要满足自己就伤及他人的利益。基于这一点，超脱于法律与道德的第三种作用于幸福生活的约束便有了存在的必要，而这种约束就是习俗。

总有些社会学家、教育家低估习俗对于追求幸福生活的作用，这些人没有意识到，生活里有大片法律与道德覆盖不到的区域，这些区域需要用习俗来规范、指导。同时，习俗与法律跟道德的不同点在于它代表了人们对幸福生活的向往和需要，而不是权威专家或统治阶级用来约束人们的工具。

事实上，没有任何权威能够左右我们的生活。权威这两个字本身就值得玩味。一般来说，权威大多指先贤名人或我们所能接触到的长者，这些人普遍给人睿智的错觉。但不要忘了，人类记忆的巅峰时期并不是老年时期，而是在30岁时的青壮年时期，在30岁之后，我们的遗忘率会大于记忆率，也就是所谓的年龄越大越健忘。在这种现实面前，我们不应该再把老人的话当作不用思索的真理。相反，我们更应该思考老人所说的话符不符合当下的社会环境。或者干脆不听老人的絮叨，怀着试错的心理，去过属于我们自己的生活。

同理，统治阶级可以用刑罚惩治恶行，比如，用死刑惩治杀人犯。但在一些私人事项里，不应做过多的干涉。就好比追求幸福这件事，本质上属于个人私密，若是需要国家来统一规划，未免有些荒唐，毕竟每个人对于幸福的定义不同，追求幸福的方式也不同。当然我并不是否认国家在改善公民幸福方面做出的努力。相反，对于现代儿童的生活环境，我对国家做出的努力表示赞赏。但不要忘了，国家的努力只能改善追求幸福的环境，最终幸福的实现还是要靠自己。

关于这一点，我不想浅尝辄止，希望深一层地与大家探讨，因为我们探讨的这个问题有非常强大的适应力，可以应用于各个方面。就拿审美标准来说，国家干预就远远不及个人意识。虽然这么说有些冒昧，我也无意否定国家做出的努力，然而在现代社会，自我意识的觉醒导致社会主流思想发生变革的例子屡见不鲜。比如，在清教主义思想时期，社会主流的人生观是禁欲、功利的，此时大众的审美标准自然也是禁欲、功利的，即使是文学，都被弱化了浪漫元素。但禁欲也好、功利也罢，并不能阻止思想之花的绽放。终究有一天，这种主流审美观里会衍生出其他小众审美。也许有一天，这些小众审美会获取认可，翻身成为主流。

如今的变革时期，舍弃清教主义里的禁欲、功利，转向浪漫与人文。尤其在艺术领域，像绘画、雕塑、文学等方面，人文主义审美已被越来越多的人所接受。换句话说，我承认清教主义在美国发展初期起到的良性作用，然而在当下，这种教义早已不合时宜。

试想一下，若我们在与他人交往时忘记得失，是不是会得到不一样的认识？要知道在清教主义盛行的时期，人们总是喜欢通过一个人的行为来判断与他交往是否有益。但不要忘了，行为是阶段性的，无法代表这个人的内在品质。圣人尚且犯错，何况是常人。而且一旦犯错就是万劫不复吗？

当下的我们都太忙，即使是私密的人际关系，也无法投入过多的时间与精力。我们甚至都没有时间去同情别人，更没有精力去共情他人。我们实在太忙了，忙到但凡有丁点儿时间，都要用于休息而不是休闲。可是我不明白，现如今社会的主要难题早已不是解决温饱，科技早已能维持我们的基本生理需求。即使面对飓风、地震、蝗灾、瘟疫，现代社会也有能力解决，而且能游刃有余地解决。那么我们为什么不能抽出一点时间与精力，用来培养和发展我们的幸福之路呢？

如果我们能够在解决自身生存的问题上抽身，那么便可以自豪地说自己已经实现了自由。所谓的不自由，不就是因为我们无法做自己喜欢的事情吗？我们可以花一部分时间去做自己不想做的事情，但这部分时间的比例不能过高。在我看来，衡量一个社会的先进程度便是这个比例。我认为工业社会的发达之处就是让人们可以拥有时间与精力做让自己开心的事情。这是一种随社会、科技、经济等方面进步而来的情感满足，其产生的快感是任何物质满足都给予不了的。

当我们把时间与精力放在追寻自我快乐的时候，还有一种造福于人类的好处，那就是避免战争。纵观人类的发展史，战争的目的无非是掠夺。但掠夺的目的大多是满足人们的物质需求，对于人们的情感需求，即便对好战分子来说，战争也是一种摧残。我们常见经历过战争的老兵时常神志不清，生怕哪里飞来一颗流弹，结束自己脆弱的生命。因此，若是某个国家真的希望国民能够过上幸福的生活，便不应主动发动战争。战争劳民伤财，与其在这方面耗心耗力，倒不如关注人们的精神需求。是的，现代社会早已不用通过掠夺这种野蛮的方式就能保证人们正常的生存需要。

有人可能要说，战争也好掠夺也罢，代表了人性中名为征服欲的情感。而我想说的是，征服欲并非幸福所需的积极型情感。在这里我再次强调，所谓幸福，就是别总去想自己缺什么，而是多想想自己有什么。请注意，我不是要求大家只着眼现在，不去考虑未来，关于未来的考量实际在前面我已经做出了陈述。我只是希望提醒大家一点，人总要有所爱，或是爱恋人，或是爱孩子，甚至是爱某种事物、某项活动，而这种爱，便是生而为人的意义所在。

一个胸怀爱意的人，一定会吸引同样胸怀爱意之人，吸引再吸引，于是编成了爱之网。在爱之网笼罩下的社会，人们的生活是幸福的。若是统治阶级能知晓这一点，以爱治国，那么我相信，这样的国家必然是强大的、不可战胜的。

有意思的是，现代的年轻人总强调个性，他们为了彰显个性甚至掩盖自己的爱意。比方说用恶作剧吸引他人注意，将包子递给乞丐时却要带着恶狠狠的眼神……我想告诉这些年轻人，你们其实大可不必，这种个性对于物质生活作用不大。

在物质生活都不能得到满足的贫穷国家，保持个性可能意味着自己不受欢迎，需要离群索居。也就是说，在没有解决温饱之前，保持个性就是找死。而在富足国家，保持所谓的个性更是一种愚蠢行为。因为在这样的国家里，人们不仅不是独自而活，更是相互扶持，此时如果有人为了保持所谓的个性，做出离经叛道之事，那么这个人基本可以宣告社会性死亡了。

如此这般，对于那些向往个性的孩子，我建议你们不妨把注意力放在踢球、看画展、欣赏电影等娱乐休闲活动上。

当然，有些父母可能对此会发出疑问，让孩子把注意力放在娱乐活动上，孩子会不会就此沉迷？关于这个问题我不能做出任何保证，因为当你们发出这些疑问的时候，你们与我的判断标准就已经南辕北辙。我想问你们，就算孩子沉迷于娱乐活动又有什么问题？他有没有因为沉迷侵害到他人的利益？如果没有，那么就不要对其妄下判断。因为不妨碍他人的沉迷是好是坏，同样也不能由他人来评断。

综上，我认为在物质世界我们不需保持个性，只有在精神世界，才有保持个性的必要。但现实却与我的设想悖逆，一些人总是在物质世界里强调个性，在精神世界里却一再强调统一。

还好，这个错误还有机会去纠正。大家不妨从现在开始纠正自己的思想，将物质世界交给社会，交给国家，自己则专注于精神世界。而这正是所有宗教领袖共同的目的，也就是修行灵魂。精神世界是我们幸福的起点、灵魂的归宿、思想的沃土，是我们理解自己、认知自己的乐园。不管物质生活有多么贫瘠，只要有强大的精神生活，我们必然幸福快乐。

只是舍弃物欲、追逐精神幸福看似简单，却很少有人能做到，因为物竞天择、适者生存的本能深入我们的骨髓。因此，当我们追逐幸福的时候，实际是在挑战人类自诞生伊始便伴随至今的天性。换句话说，我们追逐幸福的本质便是跳出天性，得到前所未有的解脱。

一旦把跳出天性作为生活的标准，我们便会惊喜地发现原来视为重要的事情变得微不足道。可以说，跳出天性于人的灵魂是种不枯竭的激情，这种激情会让我们在琐事中获取快乐，而不是在琐事中沉沦。

跳出天性还有一个好处，那就是让我们的字典里不再有"怕"字。若是我们不再有社交恐惧，不再揣测他人用意，更亲密地与他人相处，那么生活将会无比美好，整个社会也一定会充满祥和欢快的气息。道德家向往的世界、古代先哲们向往的乐园、神话里传颂的极乐净土莫过于此。

从古至今总有一种声音，称"人的一生必将受苦受难"。可是，生而为人并不是我们的选择，既然我们已经出生，又何必恐惧苦难？与其让消极型情感左右自己，不如换个想法，让爱包围自己。如果说恨是刮骨钢刀，那么爱就是可以前行的盔甲。爱自己、爱世界、爱他人，越是爱得热诚、爱得激烈，这份盔甲便越是牢固，我们的生活也越幸福。

辑 二

求 知

THE AEARCH
FOR
KNOWLEDGE

美好的人生是为爱所激励，为知识所引导的人生。

———

Bertrand Russell

为什么要读点哲学^①

生而为人，必不可少的就是对未来的展望。

　　读完一本书的时候，我们应当有这样或那样的收获。作为创作者，我希望亲爱的读者们养成阅读后思索的好习惯。同时也希望读者明白，在文明与知识早已积累出丰厚底蕴的今天，很难有书籍可以做到前所未有。就拿《西方哲学史》这本书来说，里面探讨的所有问题都不是什么新鲜事物，甚至应该这么说，在群星璀璨的哲学界，某些问题早已被前辈、智者研究透彻。换句话说，《西方哲学史》这本书是站在巨人肩膀上的作品，没有前人的努力，就不可能让本书编纂成册。这意味着《西方哲学史》更像是一个领路人，在有限的字数里囫囵地介绍了西方哲学这片无垠的海洋。因此我希望读者在阅读《西方哲

---

① 本篇文章选自伯特兰·罗素所著《西方哲学史》结语。——译者注

学史》时，不要把它当作一本独立的书籍，而是视其为引发思考的钥匙，一把能帮助大家对哲学产生兴趣的钥匙。实际上，所有介绍类书籍都有着类似的期望。

对于读者来说，仅仅阅读《西方哲学史》，最多只能增长见闻。想要做到摸透某个哲学领域，还要进行深入且基于现实的思考。《西方哲学史》更像是一本问题集，包含了各种值得专家们争得面红耳赤的问题。但要注意，在某个特定的时间段或是特定的历史背景下，这些问题可能解释不通，然而把眼光放长远，按照结合历史展望未来的方法，这些问题反倒可能迎刃而解——而这便是《西方哲学史》的第二个期望。总之，作为一本介绍类书籍，我在动笔写《西方哲学史》之前就做出了不对问题的细节太过较真的决定，也告诫自己不用纠结《西方哲学史》是否涵盖了所有哲学问题，毕竟百科全书也不能做到面面俱到，只要能鞭辟入里即可。为了做到这一点，我与其他介绍类书籍的作者一样，加入了关于素材删减方面的默契。所谓素材删减方面的默契，即在撰写介绍类书籍时摒弃一些容易产生误解的观点和事例。我认为介绍类书籍的门槛便是如此。在我看来，一本素材不经选择的介绍类书籍绝对称不上优秀。当然，在不引起误会的情况下，我还是会尽可能详尽地收录素材，抑或是通过注释、附录等方式将那些有争议的内容保留下来。

另外，《西方哲学史》书名虽然有个"史"字，却与一般的历史类书籍不同。大家在读过本书之后就会发现，我在描述哲学阶段时，采取了与介绍类书籍相一致的精简原则。这是因为《西方哲学史》并不是想要大家了解哲学的历史，而是意在告诉读者不要忘记各种哲学思想都有相关的成长背景。举个例子，若是把古希腊哲学思想放到现代，未免有些不合时宜，而把现代哲学思想放到古希腊时期，同样会产生荒谬感。

我听闻有人对本书表示遗憾，声称既然编纂哲学史这样的书籍，为何不把"西方"二字去掉，将神秘的"东方智慧"纳入其中，撰写一部震古烁今的《哲学总史》？在这里我要感谢这位读者的厚爱。只是东方哲学与西方哲学在历史长河里泾渭分明，二者独立发展，互不干预。因此若是想要涵盖东方与西方，就需要耗费更大的时间与精力，这是仅凭我一己之力难以完成的艰难工作。更重要的是，在某些问题的思辨上，东西方的观点南辕北辙。因此为了不让读者产生困惑，我更愿意与大家讨论西方的哲学。

一般来说，西方哲学的开端源自古希腊人尝试用科学来解答哲学问题，而这也被视作西方文明的起点。现在，我们不妨进一步分析科学与哲学之间的关系：虽然科学会研究哲学以外的问题与知识，但所有科学成果却都可以是反省、发展哲学的基础。换句话说，当我们得到某项科研成果的时候，哲学也随之得到了发展契机；而当我们思索该项科研成果有什么意义的时候，其实也是在解答某个哲学问题，毕竟哲学里最永恒的课题便是探索世间的所有因果与真相。

只是，我希望人们不要忘记哲学的目标不仅仅在于如何用科学的方式来表述世间万物的变化，否则我们便会坠入诸如系统唯心论那样的偏执深渊。哲学绝不是单一的、只关注特例的学科，它既是一种检验规律、考核结论的方法，也是一套将科学成果纳入某种秩序的架构，还是一门广域范围内普遍适用的学科。

哲学的影响超出想象，以至于我们可以这么说，天底下所有的学科都不可能错开哲学的范畴。究其原因，是因为我们在日常生活里习以为常的态度里，早已涵盖了诸如假定、推断、批评、证明等哲学思维。只要我们能够唤醒关于哲学的意识，时刻提醒自己不要被科学理论的丰富多彩所迷惑，清楚所有科学研究的本质目的殊途同归，都是在叙述客观世界的某种规律即可。我也相信大多数的读者都有这样的觉悟，不用我刻意提及。我之所以在这里刻意强调，是因为还有那么一些人，总以为科学理论是某种抽象型存在。

虽然科学研究大部分都以现实世界为对象，但也有为幻想世界、精神世界、未来世界服务的科学存在。生而为人，必不可少的就是对未来的展望。只是，当我们的幻想因科学技术的发展而成为现实的时候，我们无须过度欢乐。举个例子，一个整天幻想天上掉钱的闲汉若是梦想成真，那么他一定会在金钱雨里笑得不能自已，然而那些金融从业者却大概率笑不出来，因为金钱雨很可能摧毁现有的经济体系。换句话说，科学研究的成果总有两面性，一方面可能给人类带来福音，一方面可能打开了潘多拉的魔盒。

我们的科学一直在走一条名为矫正的道路。纵观历史，我们可以发现某些错误的科学结果居然可以持续作用相当长的时间。我这里说的错误指的是科学结果而不是自然规律，自然规律是经得起考验的真理，是一种不容置疑的事实。事实上，我们常说的错误绝不可能是自然规律本身出现了差错，只可能是在将自然规律归纳为某种秩序的过程中出现了错误，比方说研究方法出现了错误，或者研究者的主观猜测出现了错误。当科学研究的结果因为研究者的主观猜测而发生了错误，去研究这个错误将没有任何意义，并且我们也不能以偏概全，因为主观错误而腹诽自然规律。

不过，自然规律摆在那里，是否能得到发现、总结是一回事，发现得对不对、总结得正不正确又是另外一回事。即使某种自然规律恰如我们所猜测的那样，也需要通过验证才能确信我们的猜测是正确的；反之，如果某种自然规律与我们所猜测的相悖，依然需要通过验证才能证明我们的猜测是错误的。大胆猜想、小心求证，这是科学研究的不二法门，同时也是哲学思考的唯一方式。

我们崇尚摒弃利益关系的科学研究，因为只有做到这一点才能保证科学研究的客观性。更重要的是，没有利益关系的研究具有独立特质，将使得科学研究成果更加客观。而那些认为真理应该是符合大众意愿的研究者却往往忽略了这一点，结果只能本末倒置。也就是说，应该让自然规律改变我们的主观认知，而不是妄想用我们的主观认知去改变自然规律。

有趣的是，总有一些研究者认为自然规律必须在主观认识的影响下才能被总结归纳。他们可以举出很多相关事例，在此我不进行反驳。然而不要忘了，有很多自然规律被科学研究归纳成某种秩序纯属无心插柳。科学发展永远不能用精打细算来衡量，有太多的研究者在研究某项课题时意外地找到了其他课题的答案。如此，想象力为科学研究提供了动力，也为哲学思辨提供了无限可能，所以我们更不能约束我们的想象力。不需惧怕想象力，只要想象力建立在顺应客观现实的基础之上，便不会偏离正确的轨道。清楚这一点，便掌握了哲学思辨的重要法则。

上面已经浅显地聊了科学研究的普遍方法以及哲学研究的普遍对象，接下来将进一步讨论一下方法与结论孰轻孰重。众所周知，人类这种高级生物有着强烈的社会属性，这意味着人类不可能将所有精力放在对自然规律的探索上，而是更希望将探索的结果实用化。前面说过，科学研究无须功利性考虑，只要得出真实结果即可，但我们对于这个结果一定要有功利性的考量，比方说考量其对人类有利还是有害，而这种考量便是我们常说的伦理。换句话说，科学研究只需考虑研究结果是否公正与客观即可，至于结果值不值得应用则是伦理需要考虑的问题。

伦理是西方哲学里重要的课题，我在撰写《西方哲学史》的时候，用相当的篇幅列举了形形色色的伦理研究途径。比方说在《古代哲学》这一篇章，就引用了古希腊哲学家柏拉图的

观点：伦理是科学的宿命，二者终将融合，即伦理中好的一面
便是科学发展的最终方向。

我愿奉献自己的毕生精力，只为如柏拉图所愿。但事实上，
期望或许会容许我们无限接近，但不会让我们彻底达成。毕竟
人性中总有恶的一面，即使那些伟大的智者或被上苍眷恋的天
才，也会被欲望迷失本性，也会绽放恶的花朵。而在那时，智
慧反倒成了行凶的帮手，于是便出现了我们最不希望出现的一
面：不怕庸人为非，就怕智者作歹。

好在14世纪时，奥卡姆意识到了这一点，提出了著名的奥
卡姆剃刀原理[1]，将科学、伦理分离成两种相互独立的存在。当
然，这把剃刀不是简单粗暴地彻底剥离二者：科学的进步可以
让伦理的涵盖面变得更广，适用范围变得更深；而伦理的发展
同样可以更好地引导科学前进的方向。

不过，我们无法用通常的科学研究方法来证明伦理的对与
错。事实上，我们只有将某种伦理定为评判标准，才能根据科
学结果来计较得与失。举个例子，和平时期的伦理以维稳为目

---

[1] 奥卡姆剃刀原理：由14世纪英格兰逻辑学家奥卡姆的威廉提出，又称简单有效
原理，原文为Entities should not be multiplied unnecessarily，意即 "如无必要，勿增实
体"。——译者注

标，那么此时所有的科学研究应该以提升大众幸福感为前提；战争时期的伦理以推翻腐朽的社会形态为目标，那么彼时的科学研究应该放在研发武器、提高战力等方面。总之，伦理的标准不受科学研究的影响，却会左右科学研究的方向。

举个例子，若是某个社会形态以维稳为伦理的目标，那么所有的科学研究自然应该以提升大众幸福感为前提；若是某个社会形态达到了生命期的终点，以至于彼时的伦理以推翻这个社会形态为目标，那么科学研究的目的就不是提升大众幸福感了。

就单个人而言，对于伦理的标准也有所不同。大家不妨回想一下，自己是否曾经因为伦理观与他人不同而与其发生过争论？那么，问题便随之产生了：难道就没有某种普遍适用于大多数人的伦理标准吗？想要回答这个问题，需要先明确一点，既然是为了普遍适用于大多数人，那么这种伦理标准就不能仅凭个人喜好。换句话说，普遍适用于大多数人的伦理标准应该尽可能地满足所有人的要求。虽然大家都明白，五根手指尚且有短长，人也有高矮胖瘦，更不用说在学识、思想、眼光等方面的差异了，因此想要完全照顾到所有人是不可能实现的目标。有趣的是，纵使明白人与人之间的差异化不可避免，伦理依然发展出了"人类是一个整体，只应有一个国家、一种公民，即

"宇宙公民"的观点。这个观点来自斯多葛学派[1]，也被称为画廊学派[2]，由塞浦路斯岛人芝诺于公元前300年前后在雅典创立。

不只是斯多葛学派，很多曾经或依然大行其道的哲学主义，都有着相同的伦理标准，即使这些伦理标准未经科学证实。比方说目前科学上还无法论证人性是恶还是善，但所有的伦理标准都在教导人应该向善。

正如前文所讲，统一伦理标准并不是期望消除人与人之间的差异，而是期望不同的人有着共同的处事依据。最典型的例子便是庸人和智者在伦理面前的平等。苏格拉底[3]认为"善良即知识"。虽然关于这一点，我们在前文探讨的结论是太理想化，但值得注意的是，苏格拉底在提出"善良即知识"的同时，还贡献了另一个伟大且迄今仍具有强大现实意义的观点，那就是自然界的因果联系无穷无尽，一个人所能领悟或研究的又极为

---

① 斯多葛学派：古希腊的四大哲学学派之一，也是古希腊流行时间最长的哲学学派，该学派认为神性决定事物的发展变化，个人只不过是神的整体中的一分子。——译者注
② 画廊学派：斯多葛学派因创始人芝诺曾在雅典集会广场的画廊聚众讲学而得名"画廊学派"。——译者注
③ 苏格拉底（前469—前399）：古希腊哲学家，柏拉图的老师。苏格拉底之前的希腊哲学主要研究宇宙的本源和世界的构成等问题，苏格拉底认为研究这些问题没有现实意义，他认为哲学家应该研究人类本身，即研究人类的伦理问题，如什么是正义、勇敢、智慧、国家等。他的思想为哲学研究开创了一个新领域，让哲学"从天上回到人间"，在哲学史上具有伟大意义。——译者注

有限，在这种情况下，若没有取舍，就不可能认识事物的终极之因。因此，苏格拉底将事物的终极之因视为"善"，这就是事物的目的性。最终，苏格拉底用这种目的论代替了对事物因果关系的研究，为以后的哲学开辟了新的道路。

　　然而不管何种学派、何种伦理，都在强调知识的重要性。在毕达哥拉斯学派①里有毕师用银币引导穷人学习几何的传说②，而在哲学方面与毕达哥拉斯学派相对立的泰勒斯③眼中，知识是揭开宇宙奥秘的唯一钥匙，研究科学知识就是推动人类社会的进步。虽然以现代的眼光来看，彼时泰勒斯提出的"世界本原为水"并不是自然真理，其关于地球漂浮在水上④的见解也有时代局限性，但这更加证明了追求科学知识的必要性。因为只有发展科学才会舍弃错误的知识，刷新正确的知识，而正确的知

---

① 毕达哥拉斯学派：古希腊数学家、哲学家毕达哥拉斯创立的学派。——译者注
② 毕师用银币引导穷人学习几何的传说：毕达哥拉斯认为每个人都应该学习几何学，曾向某个勤勉的穷人提议，如果对方能学懂一个定理，就给他三块银币。刚开始，穷人因为钱而学习，但渐渐对几何学产生了兴趣，反而要求毕师教得快一些，为此不惜提议如果毕师多教一个定理，他就给毕师一个银币。没过多久，毕师就将以前给穷人的钱全部收回了。
③ 泰勒斯：古希腊七贤之一，创建了古希腊最早的哲学学派——米利都学派（爱奥尼亚学派），被称为"科学和哲学之祖"。——译者注
④ 地球漂浮在水上：泰勒斯曾向埃及人学习如何观察洪水，他发现每次洪水退后会留下肥沃的淤泥，淤泥里有无数微小的胚芽和幼虫。根据这一现象，泰勒斯得出"万物由水生成"的结论，认为水是世界初始的基本元素，并且声称地球就漂浮在水上。——译者注

识则会纠正人们的认识。

所以，研究者要有敢于质疑的精神，应该一切以研究结果为依据，即使研究结果与大众认知相悖，也应该坚持这种信念，而这也是伦理的底线。伦理虽然服务于满足大部分人的要求，但这并不意味着可以罔顾真理。当真理掌握在少数人手中的时候，伦理就要拨乱反正，勇敢地站在科学一方，说服大众接受正确的自然规律。

最后，还有一个需要解决的问题，即如何运用伦理标准将科学知识造福于大部分的人。显然，不是所有人都有能力进行科学研究活动，并且现在也没有条件让所有人都放下基本的生存需求，一味地追求知识。但是我们每个人都有思考的权利，也都有探索的本能。因此我们可以做到这一点：在自己的能力范围之内，在条件许可的情况下，尽可能地去思考。这是一件非常有益的事情，试想一下，鼓励科学研究的社会与故步自封、禁锢思想的社会，哪个更适宜于人类的发展？

如今，言论自由和思想自由已成为共识，那种靠禁锢思想维护阶级统治的时代已不复存在。这个无比自由的当下，正是科学研究工作者最好的时代。只要他的研究是向善的，是对大众利益有贡献的，那就值得鼓励。

工作的本质和内涵

目标是一种不可名状的美妙，它总是在不经意间给人们带来幸福。

　　或许每个人都问过自己这样一个问题：我辛苦工作，究竟是为幸福生活打拼，还是让自己陷入水深火热？诚然，现如今有太多的人被工作所累，他们无法从工作中获得任何快乐，反倒是日复一日的机械劳动让他们逐渐麻木。更有甚者，因为工作强度过大而患上了职业病，影响了身心健康。但不要忘了，世上还有很多工作强度适中并能给人带来快乐的工作。实际上，在我看来，即使这份工作是最简单最原始的，相对于虚度光阴，它更让人心安。毕竟工作与休闲不同，不可能一味地追求快乐。工作以结果为导向，工作者为了达到某种预期结果，经常需要摒弃个人喜好、牺牲个人情感。

　　实际上，工作有严格的"美妙等级划分"，从最无聊涵盖到最有趣，划分依据是工作性质与从业者的能力。这很好理解，这样的例子在现实生活中随处可见——总有那么一些人，可以饶有兴致地从事枯燥乏味的工作。

　　我们也不用怀疑这些人是否拥有超能力，只是我们首先需要明确这一点：工作可以让人消磨时间，任何工作都有这一属性。这对于一些人来说，简直就是天使带来的福音。为什么这么说呢？大家不妨回想一下，自己身边是否有这样一群人，工作时总是念叨着希望拥有闲暇时间，而当他们真的闲下来了，却不知道该干什么。是的，有太多的人不知如何应对闲暇，甚至不知道如何在闲暇时获得乐趣。有意思的是，这样的人还不在少数，如何合理有效地支配闲暇时光，真可谓一个挑战，很多人却惜败于斯。所以，很多人需要感谢工作，因为正是你平日里抱怨的工作，把你从不知所措的闲暇中拯救了出来。

　　此外，我们也应想到，人们总是在选择中惶惶不安。当然，我们身边也不乏颇有主见的朋友，我们也羡慕他们能早早地规划好人生，并一以贯之。但对于平凡之人，选择困难就像感冒一样常见，需要有人告诉他每时每刻该干什么，他们会为此感激涕零。是的，没错，在讲究个性的今天，很多人潜意识里依然希望有人能告诉自己该怎么做，而不是靠自己去摸索该干什么。为什么会这样呢？因为闲暇会让人无所适从，甚至会让人窒息。就像那些不需担心生计的富人，相较日夜劳作的穷人反倒更有一种难以言喻的焦躁感。在富人年富力强之时，这种焦躁感可以通过刺激性休闲活动来缓解，比如，去原始森林探险，去活火山处露营，等等。然而当他们年老体衰，没有精力和体力享受刺激性休闲活动的时候，焦躁感会再次来袭。因此，逃离闲暇是一种贬值行为，尤其是当你有太多闲暇的时候，一味地逃离就是虚度光阴。所以，一些明智的富人会通过工作来缓解焦躁感，而不让自己在无所事事中度日如年。也就是说，当那些富有的女人突然对工作吹毛求疵、不容许自己有丝毫得过且过的时候，不要以为她们燃起了事业心，而很可能是她太过无聊，需要通过精益求精的工作来打发时间而已。

基于上面所说的理由，我们不难发现，即便忽视工作的本质，将其视为打发时间的途径，它也是人生必不可少的组成部分。毕竟相对于无所事事时缓慢流淌的时间来说，工作时的时间总是稍纵即逝。是的，工作是人们消除无聊的有效手段。虽然工作的过程中也会有烦闷，但这与闲暇时的烦闷相比，简直不值一提。更重要的是，正是因为工作的存在，我们才更能体会闲暇的香甜，这种香甜，唯有苦茶后的回甘可媲美。想想也对，若是一份工作让人全身心地投入，并在其全力以赴之后，还能给予他充足的休息时间，那将是多么惬意！

总之，终日休息不及工作之后的休息，而适度工作犹如合理运动，会让人兴致勃勃，富有活力。

不止于此，工作还能赠予人们额外的益处，即使没有报酬，但只要工作，就会有展现能力、触碰成功的契机。虽然在现实生活中，报酬是工作能力的体现，只要人生在世，就得直面这一点。然而，优秀的工作却能在报酬之外，给予人们更多层面的奖励，譬如雄心、壮志。

若是站在如此高度看待工作，那么工作就不再索然无味了，因为它不仅会为从业者带来声望，也带来了目标。目标是一种不可名状的美妙，它总是在不经意间给人们带来幸福。这也是我们不建议女性放弃工作、转做全职太太的重要原因。因为家庭事务的琐碎会让全职太太一再降低自己的目标，而最糟糕的是，丈夫们会觉得这种妥协理所应当。

当然，并不是说全职太太不好，也有那些将家庭与孩子打理得井井有条的精致女人。只是这种女人实在稀少，对于大众来说，家庭事务终归是一成不变的，而不像工作会有目标完成后的喜悦。

不要小看这种喜悦，这种建设性是幸福生活的重要组成部分。更重要的是，随着工作的不同，完成工作目标后的喜悦也不同，如果工作本身就极为有趣或有意义，那么喜悦也就更加高级。

那么什么样的工作较为有趣呢？这里我将以一个梯度来表述，从平平无奇的工作开始，讲到那些值得人们一生奋斗的伟大工作为止。

首先，请大家跟随我了解一下影响工作是否有趣的两个关键性因素，其一为技术含量，其二为建设性。

这又是为什么呢？别着急，让我们来逐一了解。

首先是技术含量。我们回想一下，自己身边那些天赋异禀，抑或是身怀绝技之人，他们是不是在某种层面怀有一种执念？而这种执念，我们姑且称之为职业病。比如，一个木匠，看到歪歪扭扭的桌椅板凳，总会忍不住出手矫正；再比如，一位技艺高超的擦鞋匠，看到别人错误地保养鞋子的时候，唯有撸起袖子，亲身示范，才能畅意。但大家是否想过，为什么这些人会"职业病"发作呢？我认为从广义的角度来说，这种职业病可以追溯到人们的孩提时代，像刚学会倒立的孩子，总要忍不住在人们面前表演一样。要是被阻止，这些孩子还会感到失落。其实不仅孩子如此，成年人也一样，那些工作者便是如此。不过，这也从一个侧面解释了技巧会让人对工作产生兴趣。就像职业棋手会在对弈中获取快感那样，律师可以在打官司中得到喜悦，医生可以在治病救人中得到慰藉。总之，技巧让工作富含乐趣。

另外，许多技巧性工作，会像竞技游戏一样，让人沉迷于过程，得意于结果，典型代表便是政治家。政治家的工作就像打牌，工作的过程也是竞技的过程，不但需要技巧的运用，还有与人斗智的快感。

话说回来，即便没有快感，技巧的运用也会让人痴迷。像那些杂技演员，工作时或许会冒着生命危险，然而危险再大，也抵不上工作带来的快乐。

一切有技术含量的工作都会让人体会到其中的美妙，比如，外科医生会在惊险的抢救后畅快地呼吸；同样，水管工也会在管道疏通后嗤笑不已。

若工作中的技术含量一成不变，那么因此产生的快感就会变得有限。因为当从业者的技术达到无敌时，他就会变得寂寞。比如，一个马拉松运动员，若是长久保持无人可以打破的纪录，他自然会产生懈怠感。

幸运的是，工作总是在发展，催生从业者不停地学习新技术。而从业者学习的过程，也是在增加自己能够更好完成工作的资本。比方说政治工作，从业者的黄金年龄在60～70岁，这个年龄段的从业者具备更广博的阅历，而这种阅历，是他们从年轻时不断积累而来的。

其次，在上述技术考量之外，还要考虑工作的建设性。建设性比技术含量要更为重要，因为只有具有建设性的工作，才会促使从业者不断为之奋斗。

对一些人来说，建设没有破坏的肆意。是的，建设之前的破坏也是一种必要。但要清楚认识到，若只是恣意妄为地破坏而不去建设，那么终将失去目标。

不可否认，破坏会给人宣泄的快感，这种疯狂的感觉会在破坏的瞬间达到阈值，但破坏的结局终将是乏味的。比如，当你面对一所被砸坏的房子或一地垃圾时，我相信你不再有美妙的感觉。

可若是你建造了一所房子，它矗立在那里，便是一种可向世人大声呐喊的成果。作为建设者的你，无论何时看上一眼，建设的快感都会瞬间甜了心头。

是的，建设性便是如此，它总会让从业者产生一个又一个目标，而这些目标，便是为从业者庆祝的贺酒。所以我们坚信，建设的快乐远远高于破坏。

此外，建设性工作在治愈仇恨方面，可谓睥睨天下，这更使建设性工作成为很多人一生的追求。即使需要卓越的技术，但其所带来的愉悦世间罕有。

很多人更看重的，是任何建设性工作都具有愉悦性。比如，开垦荒地并将其浇灌成沃土，又比如，列宁在混沌中建立秩序并创立带领人们从黑暗走向光明的组织。

在这方面，艺术家与科学家更有发言权。莎士比亚在《十四行诗》中曾这样写道："诗歌永存，伴随吾生，吾之生涯，为之无悔。"诗如其人，莎士比亚的人生也如同这句诗一般，为诗而醉，诗伴一生。同时，诗歌也赠予了莎士比亚美好的生活，他因诗成名，并因此收获人们的推崇与敬仰。这就证明了诗歌这种艺术性工作让人愉悦，人们会从中获取成就感，这也是有些人所谓的小确幸。

然而并不是所有的艺术家都拥有小确幸，画家米开朗琪罗便是一个极为不幸的人，因为他是为了偿还债务而从事艺术工作的。虽然米开朗琪罗是个例，可若不是为了取悦自己而工作，工作反而会摇身一变成为洪水猛兽。

既然如此，即使是最有意义的工作，我们也不能笃定工作一定能使人快乐。但可以说，工作能在一定程度上减轻烦恼，比如，科研工作。大部分科研者是理性的，不会被情绪左右。所以相对来说，科研者们是幸福的，而这种幸福便源自他们的工作。

科研者最大的不幸，莫过于怀才不遇。他们因为这样或那样的原因，无奈屈居于庸人之下。在外行指挥下的科研者，不会有工作的快乐，而这些工作也不能称之为工作，只能算是迫于生计的行为。就像那些专门刊登花边新闻的小报记者，他们或许有过挥斥方遒的书生意气，然而在老板的重压之下，只能放下追求而低声下气地出卖技能。

这其实是从业者的末路，也是工作的歧途。只是我们无法予以否定，因为人生在世，总有些不如意，书生意气抵不过斗米之难。

不过，我们还是应该充满希冀，但凡是有一丝摆脱饥寒的可能，人们都应该去从事可以从中收获幸福的工作。毕竟工作代表了人们的尊严，以工作为荣的人，便很容易从中收获幸福，反之，以工作为耻的人，则会时刻处于消极状态。

在各种工作之中，建设性工作最易使人引以为荣。任何从事建设性工作的人，都可以骄傲且自豪地向世人展示自己的工作。比如教师，便可以因为培养学生而感到满足。也正是因为这份工作，世上才有了更加美好、更加有价值的存在。

如今有一种观点认为人们应当把生活与工作视为整体，当然也有人不这么认为，他们觉得生活与工作应当泾渭分明。不过，在我看来，前者似乎更能收获人生道路上的小确幸，因为他们可以用工作打发生活中的闲暇，也可以用工作树立或满足生活中的目标。

这是一种懂生活之人才明白的狡黠，也是人们应该去尝试的方向。

比奋斗更重要的

比起奋斗，生命更重要，而在有限的生命里收获精彩的生活，才是我们人生唯一的目标。

如果你的身边有揣着美国梦或者信奉英国式生意经的人，那么你一定会在他们的日常对话中听到这句话——"生命不息，奋斗不止"。这句话可不是调侃，而是某类人深入骨髓的信仰。

不过，若是采用哲学里常用的辩证法来分析这句话，我们便会发现这句话既不完全正确，也不完全错误。诚然，生而为人，不得不为自己的生活打拼，尤其是当遭遇意外或者不幸的时候，我们更需要努力为自己争取生存的机会。

活跃在19世纪末20世纪初的英国作家约瑟夫·康拉德①曾以此为内核创作了一篇海洋小说《福克》。小说主角福克是一名

---

① 约瑟夫·康拉德（1857—1924）：英国作家，曾航行世界各地，擅长写海洋冒险小说，有"海洋小说大师"之称。——译者注

水手，在某次出海时，他所在的船遭遇了意外，遗失了大部分的口粮。在吃完平均分配的口粮之后，为了生存，福克向同伴举起了刀。后来福克获救，但自此之后成为素食者。

福克的生存斗争并不具有普遍性，更像是为了艺术创作而进行的夸张。试问在如今的文明社会里，又有几个人会因为填饱肚子而吃人呢？事实上在资本世界里，"瘦死的骆驼比马大"，那些破产商人的物质生活往往比一般人优越。所以，那句"生命不息，奋斗不止"并不是为了谋求生存的权利，而是为了追求某方面的成功。换句话说，只要还在呼吸，人们就要奋斗，并不是不奋斗就不能呼吸，而是不奋斗可能就要落于人后。

有一点非常奇怪，很少有人意识到他们并没有被关在某个无法摆脱的牢笼中，其实是坐在某驾马车之上，若是他们愿意，完全可以驱使马车前往任何想要前往的地方。

请注意，这里我所指的人乃是那些已经事业有成的人，他们收入可观，也具有一定的社会地位，完全可以放弃奋斗，过上惬意的生活。可是，越是事业有成的人越是有着旺盛的奋斗激情，他们视安逸为洪水猛兽，认为放弃奋斗是可耻的行为。可是，如果问他们为什么如此拼命奋斗，这些人却不见得能回答得出来。

对这些"当局者迷"的人，我们可以使用代入角色的方法来剖析他们的心理。实际上，这些人过着这样一种生活：他们居住在宽敞的房子里，拥有美貌的妻子以及乖巧可爱的儿女。每天，当妻子与孩子还在熟睡时，他们却要早早动身前往办公室，因为在那里有着收益丰厚的生意等着他们处理。在下属面前，他们是精明干练的生意人；在生意伙伴眼里，他们谨慎稳重、值得信赖；在亲朋好友的印象里，他们是精通政策，熟悉市场规律的妙人，有着强大的关系网，餐餐都是饭局，而在这些饭局里，他们总是众人目光的焦点。

但只有他们自己才知道，这些该死的饭局似乎太多了，并且每一场饭局都足以让人筋疲力尽。更可怕的是，明明自己很累，参与饭局的其他人也很累，但所有人却要保持微笑，装作一副很感兴趣的样子。或许此时他们反倒羡慕起那些受邀而来的交际女郎，因为这些什么都不知道的女郎才可以尽情地享受美酒与佳肴。

当饭局结束，这些可怜的人却不能解脱，他们往往还要复盘今日的工作，以及规划明天的行程。在做完所有事情后，他们才能进入梦乡，让自己紧绷的神经得到几个小时的放松。

这种紧凑的生活真的好吗？这与百米冲刺又有什么分别？

好吧，也有区别。百米冲刺的过程不过是一百米，而拼命奋斗的过程则是人的一生。这的确是"生命不息，奋斗不止"了。

可像这样工作日忙到很晚才回家，周末还要去酒吧、高尔夫球场应酬的人，他对自己的儿女了解吗？他对自己的妻子了解吗？或许在某个晚上，他需要携妻子一同出席宴会，但这种场合显然不适合亲密交流。这些人或许有朋友，但大多是生意上的伙伴，他与这些朋友彼此都明白"兴则聚，衰则散"的社交潜规则。在外人眼里，这些人光鲜亮丽，高朋满座，虽然工作忙，却有出国游玩的时间。可他们有苦自知，那些浮华的背后是无尽的落寞，他们很累，特别累，累到即使书籍与音乐也无法慰藉他们的身心。

长此以往，这些人的生命里就只剩下孤独，唯有全力扑在生意与事业上面，至于其他方面的生活，这些人不愿去想，也不敢去想。

我在欧洲游历的那段日子里，曾经遇过一个活生生的例子。他是一个典型的美国商人，已年近半百，虽然属于可以享受安逸的年纪，但是他跟妻子与女儿旅行时表现得不情不愿。显然，旅行不是他的本意，应该是受到了妻子与女儿的央求，妻子希望他度个假，女儿则希望有机会看看欧洲的风土人情。为什么这么说呢？因为我看到他的妻子与女儿总是兴奋地围着他说这说那，仿佛旅行中的所有事物都是新鲜、有趣的，而这位可怜的美国商人却在本该放松的旅途里显得一脸疲倦、心不在焉。我猜想他虽然身处于旅行中，心思却留在了他在美国的办公室里。最终，他的妻子与女儿对他失去了耐性，并且因为他而认为所有的男人都是腓尼基人①。这些可爱的女士似乎没有想过，这位美国商人的疲惫很大程度上来自她们。实际上，在我眼里，这位看似乏味的美国商人却是一名无畏的勇者，甘愿为了他的亲人，榨干自己所有的体力与精力。

　　同时，这位美国商人一定深深热爱着他的生意，因为如果不是热爱，他不会为此废寝忘食，他应该会想方设法地逃脱。如果这位美国商人想要改变自己的疲态，让生活变得有趣且幸福，他应该彻底地改变自己对生意的信仰。比方说，告诉自己钱是赚不完的，成功也没有具体的终点，或者说，把目标放得近一些。只有这样，他才能阶段性地歇一歇，而不是像现在这样，总是疲于奔命、焦躁不安。

---

① 　腓尼基人：腓尼基是一个古老的民族，生活在地中海东岸，即如今的黎巴嫩和叙利亚沿海一带。他们自称迦南人，又被希腊人称为腓尼基人，善于航海与经商，在全盛期曾控制了西地中海的贸易。——译者注

　　这个道理其实就像美国人热衷的投资一样。美国人投资有一个特点，那就是他们几乎个个都会选择利润为百分之八的风险投资，而不会选择利润为百分之四的安全投资。我不知道美国人这样的选择能盈利多少，但我知道不少美国人因选择了风险而惴惴不安，最后非但没能改善生活，反倒影响了生活。

　　在我看来，赚钱的意义是让自己的生活能够放松下来，可现代人却在追逐金钱的道路上迷失了自己，将追逐金钱设为生活的全部。以至于即使他们赚够了可以养活自己的钱，也停止不了追逐金钱的脚步，因为他们要超过其他人，并且以此作为炫耀的资本。

　　当然，这种心态也跟美国的社会等级有关。众所周知，美国的社会等级总是处于上下波动的状态，在这种情况下，各种势利意识随之而动，最后影响了整个美国社会，让大部分美国人有了这样的概念：有钱不一定是万能的，没钱却是万万不能的。另外，势利意识还让美国人把赚钱能力当成了衡量智力的标准。美国人认为只有傻子才赚不到钱，而聪明人一定能赚钱。这就引起了另一个有趣的现象：由于大家都不想被人当作傻子，因此拼命赚钱。

　　我从未怀疑过，那些童年时代因贫穷、饥饿而留下阴影的人长大后依然会因为缺钱而恐惧，并且他们还会为子女担心，害怕子女的命运与自己相同。英国作家阿诺德·本涅特[①]笔下的克莱汉格便是这样的人——无论他赚了多少钱，却始终处于恐慌之中，害怕自己破产，不得不回工厂做苦力。即使积攒了百万钱财，他仍然无法克服这种对贫穷的恐惧。不过，克莱汉格的这种恐惧大多只出现于经历过苦日子的创业者身上，对于从小含着金汤匙长大的富二代来说，他们就没有这方面的困扰。

　　归根结底，这种心态还是在于人们过度追逐成功，一味地将成功作为幸福的唯一来源。当然，我不否认追逐成功会让人们更加热爱生活。举个例子，一个画家默默无闻了许多年，依然尽心创作，当他的努力得到公众认可的那一天，他一定会因为付出得到了回报而快乐。我也不否认，在某种程度上，金钱可以作为幸福的催化剂。但我认为这也仅限于一定的程度，如果过度，那么一切将天翻地覆。

　　在我看来，成功只能且必须是幸福的一小部分，绝不要用成功代替所有的幸福。因为如果这样做的话，我们将付出相当

---

① 　阿诺德·本涅特（1867—1931）：英国作家，代表作《克莱汉格》三部曲，描写了"五镇"印刷厂老板埃德温·克莱汉格的一生。克莱汉格爱好建筑学，但迫于父命经营印刷厂，事业有成就后，又受到妻子的干涉和控制。他于苦恼中悟出一条道理——"人间的不平是既成事实"，于是逆来顺受，以求安宁。——译者注

大的代价。

针对这些问题，商界流行起一种生活哲学，即尊重自己、尊重他人。想想也是，"三百六十行，行行出状元"。工作不分贵贱，成功也不分大小。我们既可以把赚到钱当作成功，也可以把学到知识当作成功。

诚然，如今各行各业都离不开竞争。可是，我们在竞争的同时不应该只看到自己付出的努力，也应该看到对手的努力。同时，竞争也不应是以结果为导向的，还应该看过程。如果某个科学工作者为了科研目标努力工作，但因为种种原因没有成功，我们也应该尊重他的付出，不应该因为他没有达到科研预期就对其苛责。

从某种意义上讲，贫穷也可以是一种荣誉，比方说军队的将领或是某地的官员，如果他们两袖清风，没有因为拥有职权而肆意敛财，我们应该对其致以最崇高的敬意。因此，在欧洲这种恪守贵族礼仪的西方国家，对美国人追逐金钱的行为嗤之以鼻，认为他们丢失了人性中的高贵。

是的，美国人对于成功的判定的确有些简单粗暴。比如，他们衡量一名医生是否成功不是看这名医生懂得多少医学知识，判断一名律师是否成功也不是看这名律师精通多少法律条文，而是通过他们的收入来判断。所以说美国与那些拥有古老文明的国家不同，在这里收入高就代表成功，反之若是收入低，即使是博学的教授，也不会受到多少尊敬。

美国的这种拜金主义只能导致一个结果，那就是美国做不到像欧洲国家那样，让学者与商人的地位平等。在美国，学者的地位远远低于商人。整个美国都弥漫着忧郁的资产阶级味道，没有任何东西能够代替金钱对人们的吸引。

甚至在美国的幼儿教育里，都出现了赚钱是人生第一目标的内容。美国人啊，你们只知道让孩子理解金钱的价值，让孩子过早地接触资本主义理论，却忘记了教育应该是全方面发展的训练，除了培养赚钱的意识与技能之外，还应该拥有艺术和思想。

在18世纪的那个绅士①时代，人们的眼中除了资产还有文学、绘画与音乐。这些艺术让绅士举止高雅、气质高贵。反观现在，每个人却都在希望自己成为暴发户。

在暴发户眼中，读书毫无用处，艺术则是附庸风雅。如果

---

① 绅士：源于17世纪中叶的西欧，由"骑士"文化发展而来，在英国盛行并发展到极致，是以贵族精神为基础，掺杂了英国各阶层价值观念融合而成的一种社会文化。——译者注

某个暴发户出资建立了一个艺术画廊，相信我，他这么做绝对不是出于对绘画的欣赏，而是为了博得一个好名声。暴发户甚至分不出绘画的好坏，他们只能让专家帮忙选择，他们能做的只有出钱而已。不过他们也能从绘画中得到快感，只是这种快感不是源自艺术，而是来源于占有欲，抑或是绘画可以交换的价值。也就是说，暴发户们把绘画当成了投资。

那么，为什么暴发户会暴殄天物？我想这恐怕在于暴发户并不懂得如何度过闲暇时光。是的，他们积累了庞大的财富，可以随意地购买任何他们想要的东西。但问题是，他们并不知道自己想要哪些东西，因此坊间才有了这么一句："穷得只剩下了钱。"这句话听上去像是一种戏谑，当事人却自知这是多么悲哀，多么可怜。

因此，一个人只有接受过相关的教育，真正懂得金钱的使用方法，真正了解成功的含义，才不会累死在盲目追逐成功的道路上。

还有一点需要注意：我们应该控制竞争这种心理，因为它很容易扩散到本不需要竞争的领域。不妨拿阅读来举例，阅读分为两类动机：第一类是因为欣赏，第二类则是因为炫耀。一般来说，第一类动机的人数要高于第二类动机。但在美国，第二类动机却成了社会时尚，很多女士以每个月读了数本书为荣，并且以此竞争。结果导致有人看书时囫囵吞枣，甚至只看了目录，就把书扔在书架上，以示自己已经读完。

如今，美国有众多读书俱乐部，但俱乐部里的推荐书目却罕见《哈姆雷特》或《李尔王》这样的文学巨著，更不用说那些诸如但丁所写的晦涩诗歌。美国人读的大多是当代通俗小说，虽然不能说这些书不好，但相比于其他艺术瑰宝而言，这些书平凡得就像河边的沙砾。

话说回来，如今文明准则的衰退也是竞争意识过剩的重要原因。历史上也有过类似的文明衰退时期，例如奥古斯都①时代以后的罗马，人们不再以追求艺术为荣；再如文艺复兴时期遍地绽放的艺术沙龙，在今天却难寻踪迹。

在我们这个时代，还有谁有精力关注艺术？就拿辩论这门语言艺术来说，它曾经象征着思想自由，一度辉煌至极。即使是在内敛的东方，都有培养辩论人才的专业教院。然而到了现代，辩论却江河日下，只有少得可怜的几个教授才深谙此道。

---

① 奥古斯都（前63—14）：原名盖乌斯·屋大维·图里努斯，罗马共和国独裁官恺撒的养子，罗马帝国第一位元首。他以极大胆的手腕夺取了政权，获尊号"奥古斯都"。他用极审慎的智慧统治罗马，给了罗马40年的和平与繁荣，史称"罗马和平"。——译者注

我还亲身经历过这样的事。某年春天，我的几个美国学生邀请我到某校园边上的树林里散步。那里风景很美，到处都开满了鲜艳夺目的野花。然而当我询问这些花的名字时，这些学生们却支支吾吾。他们似乎从没想过了解这方面的知识，因为这种知识对于赚钱没有任何用处。

这不是一个人的问题，而是社会性的普遍问题。现代社会教给人们的生活哲学是单一的，似乎唯有争夺与竞争才能赢得最后的胜利，才能得到旁人的尊重。每个人都期望当生活里的强者，而这种期望同时也是枷锁，逼迫人们不停地努力。人们不甘示弱，甚至不敢向任何人倾诉自己是何等的苦闷、劳累。生活要求人们意志坚定，却没有留给人们喘息的机会。于是现代人个个活成了苦行僧，总是用力过度，却不敢有丝毫放松。

我认为，现代人是倒退的，一个个返祖回了动物状态。我这么说不是无的放矢，实在是因为现代人宁愿追逐权力也不愿追逐智慧，人类本来活在动物本能之外，将身心投入精神世界里，然而现代人却放弃了对精神世界的追求，像动物一样在物欲中不能自拔。这种情况尤以近百年来最为强烈，那些所谓的探险家、殖民者，其行为与觅食的动物又有什么区别呢？

这样的"返祖"会毁灭人类！这不是危言耸听，因为竞争的压力已经导致现在的年轻人人不愿生育——他们怕养不起孩子，怕自己负担不起教育费用、医疗费用、房产费用。年轻人不愿生儿育女是极其可怕的，因为这意味着人类将面临最危险的时刻。

因此，我们必须为此做点什么。我们不应该再把竞争看作生活的唯一目标。我们每个人的经历正是如此，所以我们的人生变得黯淡。看看我们这代人，每个人都神经紧绷、肌肉僵持，一旦有风吹草动便紧张到无法入眠。神经衰弱成了常见病，抑郁症患者层出不穷，更严重的是引发了精神性不育症。

闲暇生活也会因为竞争而深受其害。闲暇生活本应是人类的精神庇护所。我们本应在这里放松紧绷的精神，得到休息的机会。但竞争摧毁了一切，它化身成鞭子，不停地抽打我们，催促我们前行。

要想改变这种糟糕的局面，靠药物或者酗酒肯定无法做到，正确的做法应该是勇于放弃竞争，承认想要拥有美好的生活，就应该让自己慢下来，不要苦苦"奋斗"到生命尽头。

比起奋斗，生命更重要，而在有限的生命里收获精彩的生活，才是我们人生唯一的目标。

现行教育的本末倒置

人世间最可怕的莫过于此，即某些人出于"我是为你好"的目的为你发声，结果却没有从你的立场出发。

与过去相比，儿童的地位有了天翻地覆的变化。无论是家庭还是社会，儿童的声音愈发受到重视。但多年以前并非如此，那些所谓的事业成功者，往往晚婚晚育，即使他们有了孩子，也一定要在工作时避开孩子。当然他们这样做也可以理解，因为照顾孩子相当耗心耗力。即使那些教育工作者，也会因为孩子旺盛的精力而烦恼，而这种烦恼导致某些教育理论家在总结教育工作、撰写教育学文章时跳脱了孩子的范畴。想想也对，那些对孩子避犹不及的人，其文章又怎会站在孩子的立场？人世间最可怕的莫过于此，即某些人出于"我是为你好"的目的为你发声，结果却没有从你的立场出发。在这方面，我认为诸如弗里德里希·威廉·奥古斯特·福禄贝尔^①与玛利亚·蒙台梭利^②这样的儿童教育界公认的两位大师也有所欠缺。虽然不是否定二者对教育理论的贡献，但也不是无的放矢。在我看来，教育的终极目标在于完善的、先进的引导。当然我对教育的理解，甚至对孩子的熟悉都不如两位大师那样深刻，或者说，每当我拜读两位大师的著作时，都怀着无比的敬意。只是就我个人而言，对于教育有自己的想法。比方说在西方教育学里，有一种思想认为教育有着巨大的政治功能^③。也就是说，我们在讨论教育的时候，就一定会涉及其对社会的影响，而这些影响在诸多教育理论家的著作中鲜有提及。那么今天就由我抛砖引玉，与大家探讨探讨。

在剖析教育对社会的影响之前，让我们先确认一个共识，即教育对人们的性格与观念有着举足轻重的影响。这当然毋庸

① 弗里德里希·威廉·奥古斯特·福禄贝尔（1782—1852）：德国教育家，现代学前教育的鼻祖，提出"让我们与儿童一起生活"的号召，并且创办了第一所被称为"幼儿园"的学前教育机构。——译者注
② 玛利亚·蒙台梭利（1870—1952）：意大利教育家、蒙台梭利教育法创始人、儿童之家创始人，同时也是意大利第一位女医生、女医学博士。蒙台梭利认为儿童有一种与生俱来的"内在生命力"，教育的任务便是激发和促进这种内在生命力，从而让儿童按照自身规律获得自然和自由的发展。同时，儿童发展过程中有一个"敏感期"，需要教育工作者充分观察，并把握时机进行教育。——译者注
③ 教育有着巨大的政治功能：教育具有巨大政治功能的思想最早由古希腊哲学家、思想家、教育家柏拉图提出。——译者注

置疑，并且贯通中西，比方说在遥远的中国，连孩子都可背诵"养不教，父之过，教不严，师之惰"，所以说父母与老师在孩子的成长过程中至关重要，他们的信念、品质、习惯，都会潜移默化地影响孩子，甚至成为孩子以后人生中的依赖。为什么这么说呢？大家不妨设想一下，自己在遇到紧急事件时做出的无意识的判断或行为，是不是和自己的父母、老师的行为十分类似？而这种类似，便是父母与老师在孩子成长中起到重要作用的证明。一般来说，教育者不同于变革者，教育者普遍信奉前人，极度肯定前人的功勋。从本质上来说，教育不像哲学那样充满了辩证思维，而更像是模仿，让孩子们模仿前人的行为，汲取前人的知识。也就是说，教育者不应该是标新立异之人，也不应该强求孩子推陈出新。教育者更像是灌溉庄稼的农夫，用前人的智慧精华来灌溉孩子，让孩子们吸收并且尊重这些精华。可是，变革者的理念却与教育者的理念相悖，变革者总是希望用新的替代旧的，从而使自己达到社会的顶层。

只是，教育者也好，变革者也罢，都没有考虑孩子的自身需要，他们更多地将孩子视为满足一己私欲所必需的重要补给。有些变革者甚至将孩子征为士兵，让童军为其私欲而战，教育者也不例外。因此不管变革者还是教育者说什么，若他们真的为孩子考虑，就不应该忽视孩子的自我属性，不应该强制孩子选择某一方，而是培养孩子辨别是非、独立思考的能力，从而让孩子自主决定。在我看来，完美的教育便是如此，既不是一味地给孩子灌输前人的智慧成果，也不是一味地要求孩子推陈出新。如果真的可以做到，那么教育的政治功能便会降到最低；如果真的对孩子平等相待，尊重其自主意识，那么我们就应当将教育视为引导孩子学习知识和领悟世界的方法，而这种方法，能够且只能够为孩子对世间万物做出自主判断而服务，不能含有任何私欲。可时至今日，教育都不能做到绝对的公正与自由，教育者们总有这样那样的目的或理由，使教育为某个团体服务。因此，我们既不能奢望绝对公正的教育，也不能奢望绝对自由的教育，只能奢望不要太过偏倚，可以让大部分人相对能接受。

　　话说回来，世上所有的事又有几件可以做到绝对的公正与自由呢？诚然，公正与自由是构建社会体系的重要基础法则。然而对于教育来说，只有二者显然不够。就拿公正来说，从构建社会体系的角度来看，公正表示社会地位平等，可是从教育的角度来看，教育者与受教育者的地位绝不可能平等，因为无论是见解还是知识，一方总要顺从另一方，教育才能够达成。至于自由，在教育里更是行不通。自由的本质是反抗，反抗一切让自由变得不自由的限制。但是反抗却是教育里最为致命的东西，试想一下，若是一个孩子总是反抗老师的教导，抗拒老师的话语，那他还有可能接受这位老师的教育吗？是的，教育允许反抗，但这种反抗一定是建立在孩子已有的自主观念的基础之上，或者说，只有孩子接受了一定的教育，他才有可能去反抗教育。

其实，教育对孩子十分宽容，甚至鼓励老师在传道授业时尽量照顾到孩子的自由，鼓励教育者在不影响教育本质的前提下允许孩子自由地质疑，但却始终做不到完全的放任。当然，历史上也有那些无师自通的天才，他们不需要接受教育就有某方面傲人的才能。不过，这些天才显然不在我们的讨论范畴。

一直以来，老师都是让人崇敬的职业，其原因便是他们任重道远。优秀的老师是孩子成长初期遨游大海的舵，左右着孩子前行的方向，而不是让其率性而为。俗话说"严师出高徒"，老师的"严"便是代表了教育的权威。其实，在传道授业方面，老师相当为难，他们既要保障孩子能顺从接受知识，又要鼓励其独立思考，想要两者兼顾却并不容易。

所以，若是一位良师，那他也一定是一位益友。因为良师既要顾及教育的权威性，又要尊重受教育者。那些桃李满天下的优秀老师，都会遵循这一法则。尊重拉近了教育者与受教育者的距离，使教育成为一种良性互动，而不是一方机械地接受另一方。只有那些激进的变革者，或者诡计的阴谋家，才会选择强行灌输的教育方式。比如，战争时期给民众灌输军国主义、抢夺主义、利己主义并鼓动其参与战争的阴谋家。这些阴谋家便是忽略了尊重，从而让教育变成了洗脑。糟糕的是，洗脑在教育中十分常见。其实，教育机构那些忽视孩子真实需求的规章制度，不允许孩子提出质疑的老师，以及按流水线方式批量生产提线木偶的教育方式，都是不尊重孩子的具体表现。

尊重两个字说起来简单，要做到却是很难。特别是那些长期享有高官厚禄的人，极度缺乏尊重他人的共情能力。对于他们来说，受教育者必是低于自己的下层阶级。在他们眼中，这些下层阶级肤浅、愚昧且易于摆布，完全可以被随意糊弄。孩子稚嫩的外表、娇弱的身材，也会让那些心怀不轨的官僚与不负责任的老师心存蔑视。这些官僚与老师认为孩子唯有听话，并遵循大人的规划。或许他们认为自己是可以将孩子任意塑型的捏土匠，可惜他们忘了，泥人还有三分火气，更何况孩子并不是泥土。随着时间的推移，孩子的愤懑、委屈、恼怒终有一天会爆发。更糟糕的是，受到压抑的孩子，会在长大后，将这种压抑于潜意识中转移给别人。

尊重孩子的人就不会有这种邪恶的想法，尊重感就是一个天平，一旦形成，则会视天地万物为平等。所以对于那些具有尊重感的人来说，不管孩子有多小、多矮、多稚嫩，他们都有被尊重的权利。实际上，孩子是神奇的个体，相比大人，他们拥有无限的可能。从某种意义上讲，尊重孩子的人就是在尊重这种无限可能。要知道，成年之后的人很难改变自己的命运，他们大多被岁月磨灭了心志。然而，孩子却不一样，正所谓"初生牛犊不怕虎"，他们无惧未知、敢于尝试，他们的未来有一切可能。只是需要注意，比之大人，孩子多了几分无助与依赖，而在这方面，大人对孩子的影响就至关重要。我们不需要讨论"人之初，性本善还是性本恶"这样永恒的哲学思辨，只需意识到，不管孩子出生伊始是善是恶，其成长过程中受到的来自大人的影响足以改变其善恶本质。比方说我们常见囚犯的孩子成长为善良之人，也常见善良人家的孩子因受到恶人的蛊惑而为非作歹。总之，孩子变善还是变恶，是积极进取还是消极堕落，是对生活充满了乐观还是内心充满了阴暗，都在一定程度上取决于伴其成长的那个大人。若这个大人是一个具有强烈尊重感的人，那么我们应该为这个孩子感到庆幸，因为尊重感会让这个大人成为孩子坚强的后盾，会让这个大人成为孩子坚定的支持者，会让这个大人为孩子源源不断地提供勇气与品德。只有这样的大人与孩子并肩作战，才能既保证教育的权威性，又不使其丢失自由的原则。

　　不过，现代社会中颇为盛行的普及型教育很难做到个体尊重。普及型教育所考虑的不是某个孩子，而是期望满足大多数孩子的宽松型父母。在我看来，现在的教育太过功利，只追求成功，忘记了教育孩子怎样看待失败。这种教育只能扼杀青少年的无限可能，使其日渐平庸，眼中唯有向上爬这一根独木桥。然而讽刺的是，除了某些勇敢的老师之外，几乎没有老师勇于挑战现行的教育制度，更不用说为青少年教育提出颠覆性的改革举措了。当然这也无可奈何，现在的教育基本都具有强烈的政治属性，即通过教育壮大己方阵营，或者干脆些，现在的教育就是为了壮大某种思想团体、某种社会组织、某种教派、某个国家而存在的，而这一本质，直接影响了教育的制度、方式和对象。所以当我们讨论教育为孩子提供了何种知识、何种是非观、何种精神修养的时候，我们只需抓住教育的既得利益者即可。只是在这种功利性教育主导下，孩子的精神世界将一代不如一代。历史业已证明，那些被教育束缚、身披教育枷锁的孩子，在长大成人后，只能机械刻板地处理生活中的各种问题，他们缺乏独立创造的思维甚至独立创造的勇气。

　　我承认当前的教育符合所有文明国家的社会需求，我也承认社会稳定也需要符合大多数阶层要求的教育，我更承认人类的发展需要适用于千秋万代的教育制度与教育方式。毕竟人类发展到文明时代以后，语言与文字的学习已经成为刚需，每个求知者想要更深一步学习诸如法学、医学、工程学等高深知识领域，必然要接受基础教育。但是我们是否想过，其实除了历史、神学等长期有争议的学科之外，死记硬背及填鸭式教育差强人意。当然我不是反对这种教育方式，只是认为应该为受教育者提供更加轻松与自由的气氛。就教育期望而言，我更希望教育者讲究科学的教育方法，并接受更先进的教育制度。当然教育应该重视传统，不能过分强调推陈出新。因为只有熟悉了某一领域，才有可能提出改进方法。

　　可是，对于历史、神学等长期有争议的学科来说，死记硬背与填鸭式教育却有着绝对的缺陷。为什么呢？首先看一看什么是有争议的学科，诸如历史、神学之类的学科，实际上没有绝对的对与错，往往是胜利者书写正义。而教育显然是为胜利者服务的，所以我们就会问，我们学到的历史，真的是客观的历史吗？我们的教育真的能做到没有丝毫偏颇吗？显然不是，无论在哪个国家，历史教育都是贯彻为执政阶级服务这一理念。可以笃定地说，历史教育就是因服务国家而存在！历史教育就是为了让孩子接受国家、长大后愿意为国家服务而存在！国家的利益决定了历史教育的方向，国家的利益让历史教育有了取舍的原则。因此衡量历史教育成功与否，只需看受教育者是否爱国即可。

为了能让大家更具体地了解历史教育，请允许我举一个大众耳熟能详却又鲜为人知的例子。请注意，我这里并不是写了一个病句，且听我慢慢解释。1815 年 6 月 18 日，法国军队与英国、俄国、普鲁士、奥地利、荷兰、比利时等国家组成的反法联军在比利时小镇滑铁卢进行了决战，史称滑铁卢战役。滑铁卢战役威名显赫，相信大家早已耳熟能详，然而关于滑铁卢战役的某些细节却鲜为人知。更重要的是，关于这场战役的细微之处，法国、英国和德国等国家承认的历史却大不相同，其结果也导致历史教育出现了偏颇，以至于百年之后，英国的孩子认为当年的盟军普鲁士人在滑铁卢战役中毫无作为，因为他们的历史教科书就是这样写的；而德国的孩子却认为英国才是那个抱大腿的猪队友，因为他们的历史教科书上写的是"英国元帅惠灵顿命悬一线，要不是伟大的普鲁士元帅格布哈德·冯·布吕歇尔前往营救，指不定谁才是滑铁卢战役真正的赢家"，所以大家明白了吧，假如英国与德国能够客观真实地记录滑铁卢战役，其民族自豪感引发的矛盾也不会产生。若是哪个国家都没有过分强调己国将领的功勋，那么各个国家之间的相互攀比也会随之消失，各个国家的征服欲也会被抹平。可是，人们并不想要这种消失与抹平，对于国家来说，民族自豪感才是历史教育的终极目的。于是矛盾便出现了，若是保持历史教育的客观公正，便会不利于培养民族自豪感。权衡利弊之后，教育者们只能牺牲孩子知晓客观事实的权利，用利于己方国家利益的教育来给孩子树立认知。理解了这一点，我们便不难理解为什么有些军国主义国家的教育鼓励孩子好勇斗狠，鼓励孩子争取不属于自己的东西。那么为了维护世界和平，维护国与国之间健康稳定的关系，我们就应该成立一个世界共通的教育监督会，监督各个国家的教科书，监督各个国家的教育理念。

　　神学教育更是重灾区，准确地说，神学教育对于孩子自主思考的遏制更让人心寒。受宗教控制的神学教院具有更加赤裸的功利性，尤其是那些以神学维护统治的国家，神学教院的存在实际就是宗教执着信念的体现。我不否认自己的观点里有暗示宗教掌权者为了私欲对教众洗脑的成分，事实上，不管神学教院是否涉及权力因素，神学教院都是不折不扣的扼杀者。那些天性好问的孩子，只要接受了神学教育，必将养成某种执念，这是因为神学特殊的排他性。神学教育的目的是培养忠实的信徒，而孩子便是成为信徒的最好材料。因为孩子最容易受人摆布，而教育正是使孩子丢失探索未知、丢失自我价值观养成能力的重要因素。神学教育惧怕孩子接受新鲜事物、了解其他信仰。当然，在这一方面，无神学教育和神学教育并无二致。据我所知，法国的小学甚至不允许孩子提上帝，这未免有些专横，对于神学、对于宗教，我们应该秉承尊重的原则，不应踩一个捧一个，更不应该歧视宗教主义。因此，神学教育和无神学教育，都在扼杀孩子探索未知的本能。

或许有人说孩子只有在幼年时期才会接受摆布，等到青春期，教育便无法左右他们的心志。这是最大的误解，即便是高等教育中，各种摆布、扼杀、误导依然存在，只不过是以一种孩子不易察觉的更为微妙的形式。恶行就是这样，总是千方百计地渗透，想方设法地乘虚而入。即便高贵如伊顿公学①和牛津大学，依然有着明确的目的，只不过如此高等教育学府，并不需要刻意展现其目的性，只要是在其中接受过教育的学生，都

---

① 伊顿公学：英国著名的贵族中学，由亨利六世于1440年创办。——译者注

会形成一种名为"贵族"的气质。然而，这种"气质"如同中世纪盛行的阶层分类，毁坏了学生的生活与思想。这又是怎么一回事呢？大多数人认为，贵族气质是耐心、宽容、涵养、温文尔雅、处事不惊等美好品质的集合体，怎么可以说这种气质会毁了生活与思想呢？其实贵族气质隐藏了坚定的倔强，它看似海纳百川、求同存异，但也有不会改变自我信念的绝对固执。也正是因为贵族气质的特殊性质，那些"贵族"总给人一种无法深入交流的距离感。在贵族与贵族之间，这种气质相得益彰，但是当贵族与下层阶级相处时，这种气质便会成为牢不可破的隔阂——它在不留痕迹地划分界限，悄声暗示下层阶级的粗鄙。在阶级社会，贵族气质作为上层阶级区别于其他阶层的重要标识而备受推崇。而那些有钱的暴发户、土地的掠夺者也希望自己能以贵族气质高人一等，于是才有了追捧贵族气质的风潮。不可否认贵族气质对社会稳定所做出的贡献，但从其他社会形态来看，贵族气质总有些莫名的讨厌。

其讨厌之处来源两个方面：第一个方面在于它过于自我，也就是我们常说的来自贵族的傲慢；第二个方面则是在于它将风度置于智慧、创造力和开拓进取等优良品质之前，用粗鄙的话语来说，贵族老爷们总是死要面子，不肯尝试新鲜事物，把标新立异视为伤风败俗。这可不是夸张，要知道在话本小说里常有顽固的贵族抗拒新科技、新制度的情节。其实，当贵族展现其固执本性的时候，它就会变成厕所里的石头——又臭又硬。可怕的是，贵族气质是有传承的，年老的会传给年轻的，大家族也会影响小家族。君不见英国的诸多小康之家，就是过分模仿英国老旧派贵族，导致原本生机勃勃的家庭变得死气沉沉。

　　当下的教育陷入了某种极端，即总是刻意地追求信奉，信奉前人总结的知识，信奉前人思考的方法，却忘了教育最重要的目的之一便是教会受教育者该如何思考。只要教育仍然秉承着强迫青少年放弃质疑之心，而不是让他们放开手脚，尽情地问天问地，那么我们就可以说教育是滞后的，是戴了枷锁的。这一点让我感到可悲，无数教育家叫嚣着追捧真理，却忘记了质疑才是考证真理的不二法门，更剥夺了学生探索真理的唯一途径。也许这些教育家早已将自己视为学生应该信奉的真理，并且希望借由这些真理将学生掌握在自己的可控范围之内，也正因此，我们才会听到那句箴言："听话的才是好学生。"可这些教育家们错了，信奉只会让学生越发盲目，质疑才是理智求学应有的态度。试想一下，对于那些从小被教导应该听从家长、老师话语的孩子，如若他们的家长、老师就是错的，那么这个

"听话"的孩子可能是正确的吗？是的，"听话"这种教育扼杀了孩子的天性。当孩子自由探索的本能遭到扭曲的时候，便不可能健康成长。因为教育给予孩子的只有禁锢，久而久之，只会导致孩子不敢挑战权威，不敢接受新鲜事物。更可怕的是，孩子的惰性会因为禁锢而滋长，会变得不爱思考，偏听偏信，以极端方式处理问题。就算有些孩子可以克制惰性，禁锢也会让他们变得绝望。你们能想象一个六七岁的孩子却有一副年迈僧侣的模样吗？一个看破红尘的孩子，封闭了自己的兴趣，埋没了自己的天性，对新鲜事物漠不关心，缺乏少年人该有的丰富情感，多么可怕！多么悲哀！

将禁锢思想奉为教育方针并不明智，因为历史早已告诉我们，思想就是弹簧，压抑得越重，日后的反弹也就越强烈。若想赢得最终的胜利，抑或是让教育长足稳定地发展，根本在于将禁锢转变为引导。如果我们换一个角度，将"这个不许"换成"那个可以"，那必将柳暗花明又一村。有太多的教育者将教育视为奴役的手段，他们还有自己的一套说辞，称如此可以让教育简单有效。一些熟读史书的教育者甚至以伯罗奔尼撒战争[①]

---

① 伯罗奔尼撒战争：公元前431年到公元前404年，以雅典为首的提洛同盟与以斯巴达为首的伯罗奔尼撒联盟的战争，涉及了几乎所有的希腊城邦。——译者注

为例，认为当时以斯巴达为首的伯罗奔尼撒同盟之所以能够战胜以雅典为首的提洛同盟，其根本原因在于斯巴达采用了以军事训练、体育锻炼和政治道德为主的教育方式。然而斯巴达教育内容单一，方法严厉，并以培养忠于统治阶级的强悍军人为目的。与之相比，雅典教育更具想象力，也更有利于人类思想的进步。如果时间可以倒流，我们能回到伯罗奔尼撒战争时期，相信即使我们知道雅典最终战败这个事实，依然会选择做雅典人而不是斯巴达人。另外，若是把伯罗奔尼撒战争放到现在，相信按部就班的斯巴达人也不一定会取得胜利，如今的战争尤其需要智慧，服从命令反倒是次要因素。换句话说，被禁锢的教育容易让人的思想发霉，从而导致智慧倒退，唯有保持探索的本性，不畏质疑，才能在思想上取得可喜的进步。

只是教育者们普遍信奉和服从纪律是教育的捷径。当然从教育者的角度来说，学生自始至终没有反对意见，百依百顺的信任，那将是多么省心。众所周知，教育者最大的劳累不是来自传道授业，而是来自驯服学生。不过，教育并不能取巧，教育需要自由和探索，因为其目的是让思想摆脱枷锁、自由闯荡。可以通过尊重来规范思想，但绝不能代之以蔑视与否决。良好的教育教会我们求同存异，让我们从不同意见中找到他人的思考方法，并且通过学习这一方法而丰富自己的思想。

　　一般盛行于学校、教院之间的教育更像一种手段，教育者以此来约束学生，却因为满足现行教育带来的方便而忽略了学生的精神需求。这种教育极度缺乏尊重，也并未以培养学生的思考能力为目的。所以，想要根本改变现行教育，首先应从尊重感着手。

　　但大家一定要注意，教育改革虽然需要从尊重感方面着手，但要把握尺度。毕竟在教育过程中，服从和纪律是必须的。现行的教育在某种程度上也的确做到了服从和纪律。不过对于那些极端教育者来说，这种程度并不够，他们认为既然要做到服从，就得让其成为一种权威。即使是倔强的、精神不受控制的、有犯罪倾向的孩子，想让他们接受教育，也要强制他们学会服从。于是在文明世界，我们看到了诸多可怕的一幕——某些学校或教院竟然采取体罚来强迫学生服从，这是教育的大不幸。这种教育早已忘记了初衷，忘记了该如何教导孩子。教育理应是自由的，正如人的天性便是向往自由。比如，伟大的教育家蒙台梭利夫人创造的蒙台梭利教育法，便是将服从和纪律降低到最低，结果她取得的成绩却比那些限制孩子自由的教育家要显著得多。

　　话说回来，现行教育过分追求服从与纪律也有其缘由。现如今，与受教育者人数相匹配的教资十分缺乏，没有条件做到一对一教学，只能采取班级式的普及型教育。实际上，如若给足老师工资，让老师只需安心地一对一教育学生，那么他们必将做得更好。可惜这很难实现，现实往往是一个老师面对几十个甚至上百个学生，这就让老师的工作变得十分繁重，同时也提高了教师职业的门槛，导致即使是从教育学院毕业的学生，也不一定可以直接为学生上课，他们需要一定的实习与演练，方能走上讲台。很多刚走上教师岗位的新人都有过这样的经验：他们本以为自己的工作有章可循，只需严格按照教案上写的步骤实施即可，可惜现实浇了他们一头冷水，学生根本不受控制，教室嘈杂得像菜市场。于是为了方便，也为了让自己有熟悉的教育环境，新人们便不得不强行让学生遵守纪律。

　　总之，现行的一对多的教育方式让教室成为战场，让新手老师无所适从。不过这也不是绝对的，一些有天赋或者有经验的老师依然可以坚守教育的本质，将培养孩子自由思考作为教学目标。对于这样的老师，请允许我表达最崇高的敬意，我甚至希望可以代表社会向他们提供经济支持。

　　诚然，教育也是一种体力劳动，受教育者的多少决定了劳动强度的大小，教育几个人要比教育几十个人轻松。或者说，对于大多数老师来说，如果学生的人数少，那么他们可能就不会对学生强调服从和纪律。既然如此，我们为什么不要求教师量力而行呢？对于那些特别调皮、注意力不集中、对学习不感兴趣的学生，不妨将他们隔离，分给专业的老师一对一教学，至于其他学生，则按照老师可以接受的工作强度划分人数。如此这般，老师便有精力因材施教，提供更细致的教育，并了解孩子内心的想法，从而让教育更有针对性。这样做还有个好处，那就是会使师生关系更加融洽，他们不再是服从与被服从的奴役关系，而会成为朋友。想要实现这种教育环境也不难，只需追加教育预算，增强师资力量即可。

不过，虽然现行教育里的大部分纪律都违背了教育的初衷，当然并非完全否定纪律，因为其中就有一种纪律对于教育的成功至关重要。只是这种纪律要更讲究章法，其理想状态在于可控受教育者的内心。该纪律更像是发自内心的毅力，促使受教育者乘风破浪、披荆斩棘、无比坚定地朝目标前进。与其他纪律不同，这种纪律不是受教育者被动地接受，而是让其主动集中注意力，自觉地追寻创造力。或许在受教育初期，受教育者的追寻目标并不清晰，但他们的追寻动力一定是强大的、发自内心的。如果做不到这一点，那么不管这个人的想法有多美好，有多么奇妙的教育愿景，他都将一事无成。我们身边也常见这种人，他们总是梦想自己将取得这样或那样的成就，但他们缺乏恒心，没有毅力，导致做任何事情都极易被外界干扰，从而忘记自己的初衷。正因如此，教育才会用纪律约束受教育者的注意力。可纪律终究是外部力量，想要取得成功，还得问问受教育者的内心，问问他们到底想不想成功。

我认为现行教育本末倒置的原因便是如此。现行教育用纪律规劝受教育者，短时间来看是成功的。可是，现行教育奉行的纪律规劝仍然是用外部力量强迫受教育者接受已经规划好的教育路线，并没有为受教育者做好心理建设。尤其是在初等教育方面，更是刻意地追求被动服从，结果让一些家长都感到不适。更重要的是，现行教育有意无意忽略了受教育者的心理建设，导致很多教育者机械地教，受教育者机械地学，二者没有沟通，更谈不上相互了解。

然而我们是否想过，现行教育并不是传统的一对一终身制教育，而是阶段性教学，即幼儿园老师只能在学生幼儿园时期陪伴他学习，到了小学，这个学生将要与另外一名老师学习。可是教育习惯却是延续性的，即这位学生在幼儿园养成的学习习惯将会延续到他的小学时期。那么如果这位学生在幼儿园时养成了不好的学习习惯，其在小学时将会十分吃力。因此，我认为，我们应该尽可能早地为受教育者养成良好的学习习惯，做好心理建设，让他能将注意力集中在他认为有必要的事情上。集中注意力是一种最为有效的学习工具，可以最大限度地提高学习效率。我们身边的那些成功人士，比如，精通民事诉讼法的精英律师，抑或是在骨科领域成名的大夫，都是具有高度集中力的优秀人士。集中力让他们专注某一方面，直至成为这个方面的专家，而那些见异思迁、总是想到哪做到哪的庸才，正是由于注意力涣散，导致他们看似样样都懂，实则样样都不懂。

如果大家仔细观察高等教育，就能发现相对于初等教育，其更看重受教育者的心理方面，也就是前面提到的集中力培养。大家不妨回想一下，自己在幼儿园、小学、中学时期，老师是不是事事亲力亲为，恨不得约束学生的方方面面，而到了大学，老师却摇身一变甩手掌柜，一切靠学生自觉，他们不再管束。这其中的原因在于现行初等教育奉行的蒙台梭利教育法并不适用于脱离了儿童期的受教育者。蒙台梭利教育法的核心在于用游戏吸引幼儿的注意力，其目的是让孩子能在娱乐中汲取知识。游戏对于吸引幼儿注意力方面确实效果显著，且非常适用于精力旺盛、好奇任何新鲜事物的幼儿。但对于脱离了幼儿期的受教育者来说，他们对游戏里的知识不感兴趣，游戏本身的趣味性、竞争性却让他们流连忘返。既然受教育者脱离了幼儿时期，也就意味着别人不能再把他当作孩子宠着、惯着，而要教育其自觉。既然如此，我们为什么不在受教育者的幼儿时期培养他自主学习的习惯呢？也就是说，现行教育教育幼儿知识的手法能不能用于教育幼儿习惯呢？当然这肯定是一个相当复杂的课题，需要解决各方面的问题，习惯并不像知识那样是即时得到的，需要长期培养，而长期培养对于幼儿来说难免有些枯燥。有可能刚开始兴趣盎然，结果随着课程的进行慢慢丢失了乐趣，最终导致厌学，这种状况屡见不鲜，还会使幼儿产生某种抗拒心理，不但会抗拒学习，日后想要他再对这项事物打起兴趣也是件难事。

然而，我们却不能因噎废食。如果不从小为幼儿培养良好的学习习惯，那么等到他们长大有了反抗意识后，将会更难。当然也有一些长大后突然开窍的孩子，他们或许因为某一时间的茅塞顿开而变得热衷学习，但对于大多数孩子来说，自觉地、自愿地学习某项科目终归需要引导。

可惜当我与教育者，尤其是那些所谓的教育改革者交流时发现，这些所谓的教育改革者居然害怕颠覆。这种恐惧不仅存在于教育改革者之间，整个教育界，无论是欧洲的还是美洲的，东方的还是西方的，都对颠覆抱有恐惧感。遵循传统对教育是有益的，但一味遵循传统的益处却是极其有限的。比如，目前盛行的死记硬背与填鸭式教育有益于基础知识的积累，但却有害于孩子的创造力与思维活跃度。优秀的教育者应该按照受教育者的个性、特点进行分类教导，对于那些思维活跃的孩子，不妨采用循循善诱的方式让他们更好发挥自己的长处。也就是说，所谓的服从与纪律需要参照个体特点而分门别类，即因材施教。如若能做到这一点，那么就可以上升到受教育者的精神纪律层面，使其精神层面在某个方面达到统一，也就是所谓自主学习能力的培养。而那些能够摆脱传统教育方法桎梏的教育者们，是先进的、值得赞扬的，因为他们更进一步，了解了受教育者的精神需求。

接下来，我们从社会制度的方面来聊教育。当下的社会制度，一切以经济建设为核心。因此现行教育与经济建设密不可分，老师教导学生也不会脱离社会经济。更重要的是，学校的经营本质上也是一种经济行为。更有甚者，那些面向中产阶级的学校每年都要向家长委员会公开学校的经营状况，让家长进行评价。而这些评价，就好比商品的口碑，直接影响学校的营收。所以为了提高评价，某些学校就刻意地宣传某种成功的教育学，并且不惜重金做广告。然而请家长扪心自问，这样做真的好吗？这恐怕是最典型的恶性竞争吧。我不止一次地强调，探索未知是孩子的天性与权利，很多成年人也有着旺盛的求知欲。然而那些功利性教育机构却视考试分数、家长评价、社会影响高于求知欲，以至于残酷地扼杀了受教育者的求知欲，使其变成做题家、考试机器。这无疑是经济社会制度下的悲哀。那些可爱的孩子，原本应该享受学习的快乐，然而从他们踏入功利性教育机构的那一刻起到走出这一机构的那一刻止，他们都被剥夺了探索的权利和自主求知的乐趣。与他们相伴的，唯有漫天题海。久而久之，这些可爱的孩子开始厌学，不再专注学习，而是想着还有多少时间才能下课、才能放假。

　　经济社会对于教育的另一个影响，在于一切教育结果分数化。学生的学习成果主要体现在考试成绩上，就连老师上课成功与否都要靠旁听打分来判断。这不仅使得受教育者越发对学习产生错误认知，认为学习应该是以结果为导向，同时也对教育者进行了错误诱导，诱导他们刻意追求既定的打分准则。于是教育又走向了另外一个极端，让教育者与受教育者都套上了名为压力的枷锁。诚然，教育是可以让人改变命运的手段，相对于其他手段，教育或多或少地公平些。可是这种公平却被教育者不遗余力地渲染成某种绝对平等的荣誉感。但即便是托马斯·莫尔①笔下的乌托邦②也不会存在绝对平等，承认不公才是正确地面对现实。可我们现行的教育制度却妄图向受教育者隐瞒这一切，力图为他们勾画教育的美好愿景。那些被蒙蔽的受教育者往往在成年后才发现，教育并不能消除不平等，也不是足以让人彻底改变命运的机会。

可能有些人要提出不同意见，举出诸多因为教育翻身的名人事例。可是请你们不要忘了，那些改变命运的名人都有一个显著的共通点，即他们都有强大的自主思考能力。我反倒想请问与我持不同观点的人一个问题，你们见过哪个人通过死记硬背或填鸭式教育改变了命运？我们不妨回想一下自己的同学，是不是那些儿时调皮捣蛋的同学日后更容易成功，而那些古板老实的同学，长大后往往碌碌无为？这便是被动接受教育的苦果。

无论是哪个时代的孩子，无论是男孩还是女孩，总是习惯

---

① 托马斯·莫尔（1478—1535）：欧洲早期空想社会主义学说的创始人，著有《乌托邦》。——译者注

② 乌托邦的本意是"没有的地方"或者"好地方"，后指完全理想的共和国。——译者注

被动接受教育，因为他们自牙牙学语时便不断被教导要做一个听话的孩子，而听话的孩子老师喜欢，家长也喜欢。除非这个孩子的家长或老师本身就是性情古怪之人。殊不知这些听话的孩子长大之后多半会把儿时的习惯代入自己的生活与工作。于是他们从听话的学生变成了听话的下属，没有上司的命令，不敢做出任何决定。上层阶级、权力机关喜欢又讨厌这样的人，喜欢是因为这样的人听话，容易摆布，可以随意愚弄；讨厌是因为他们没有任何创造能力，只能机械地执行，最终导致整个社会走向平庸。因此在教育大多数人服从与纪律的同时，教育又在培养少部分可以打破规定的天才。教育鼓励这些天才独立思考，不加以任何束缚，而是为其提供思想徜徉的物质基础。对于这些天才来说，教育变得和蔼可亲，它不再靠堆砌重复性授课，而是采用讨论、鼓励的方式引导天才表达和实现自己的想法。

受到这种教育培养的天才，不管其物质生活是好是坏，其精神生活一定是丰富多彩、令人惊叹的。世间万物经过思考的加持，总会变得有趣。而那些看似不可思议的想法，总在科技发展到一定程度时得以实现。当然，这其中所有的美好都离不开天才的勤奋，但同时又很大程度地受到教育的影响。所以请问："为什么只为天才提供自由式教育，既然提倡众生平等，为什么普通人就不能有接受自由式教育的机会？"

　　我承认，为了维持当前社会的平衡状态，我们需要机械式教育，但是那些只懂得听命于别人的受教育者，日后却只能从事简单的、不用思考的、不需创造的工作。唯有思想活跃、敢于质疑的受教育者，才是开拓进取、带着大家创造美好社会的领路人。当前社会，也唯有增加这样的受教育者，才能推开那座名为平庸的大门，让生活充满生机与希望。这并不是夸大其词，就拿探索南极这件事来说吧，我们现阶段的基础教育告诉孩子南极并不适宜人类居住，如果我们的孩子都是那些所谓"听话的"孩子，那么南极探险就永远不可能发生。然而现在有越来越多的国家向南极进发，并终有一天，人们会找到在南极生活的方法，这就是创造性思维给予我们的希望。纵观历史，有太多事例可以证明，正是因为人类敢想敢干，才让生活变得越来越好。开拓精神就是人类探索未知时永不熄灭的明灯，它的光芒让人类永不屈于现在，始终砥砺前行。而我们的教育，就不应该回避这一点，反倒应该彻底地贯彻这一点。

　　或许某些悲观主义者要泼冷水，称开拓并不是次次成功，只有极少数人走到了成功之巅。而现行教育是面向大众的，因此才有了平民教育和精英教育之分，也就是让大多数人接受死记硬背和填鸭式教育，而对于那些天才实行开放式、自由式教育。对此我不敢苟同，人非生而知之者，人与人之间也大多在岁月的推移中才逐渐拉开差距。也就是说，谁也不是一生下来就在脑门上标记了"天才"这两个大字。对于刚出生的孩子，刚刚接受教育的初学者，我们应该抱有平等公平的理念，给予他们学习的时间、思想的空间。如果我们用教育限制时间与空间，相信很多天才也会因此被埋没。

为什么现行教育不敢放任受教育者思想自由，我认为这其实源于人类对于思想的恐惧——人类恐惧思想甚至高于恐惧毁灭与死亡。思想有两位好朋友，其一为颠覆，其二为改革，而颠覆和改革又常常与打破常规和建立新规相伴。所以说思想自由便是对权威的挑衅，便是对陈规陋俗的不屑。更让一些人害怕的是，思想如同星星之火，不管受到任何阻挠，一旦燃烧终将燎原。但我与那些人不同，我赞美思想自由，视其为可供信仰的真主，羡慕它不畏强权，歌颂它指引人类前进的方向。

我坚信思想自由能让人类发展得更加美好，至少业已证明思想自由有利于人类战胜对未知的恐惧，而恐惧则是人类发展道路上的拦路虎。我还渴求能够让更多的人实现思想自由，渴求思想自由不用再分天才和庸才，更不希望思想自由是上层阶级的特权。我知道上层阶级担忧一旦所有人都有资格实现思想自由，那么他们的统治将会分崩离析；我也知道上层阶级面对思想自由普及化时会发出这样的疑问："真的可以让那些佃户长工实现思想自由吗？他们思想自由了，我还能奴役他们，从他们身上谋取利益吗？"我更知道那些年长者害怕一旦少年们实现了思想自由，便会抛弃传统，让道德不再具有约束力……但这都不是让教育成为枷锁的理由。难道你们真的宁愿人类的发展从此停滞不前才甘心吗？

人类与动物的区别便是创造力，而创造力需要思想自由这个必要条件。也就是说，思想自由是人类发展的基石。禁锢思想就是在动摇这个基石！对教育者来说，思想自由与禁锢思想就成了一个他们都要扪心自问的问题，即"是死守传统，还是创造未来"？我认为，成功的教育不应该将死守传统作为一切行动的纲领，我们可以尊重传统，却不能死守传统，但重心一定是创造未来。比如，古希腊文明和文艺复兴运动，我们可以研究这方面的历史，并以史为鉴，却不能完全地、机械地复刻这种历史。

时间是不停前进的，人类也是不停前进的。为什么人类的眼睛长在前面而不是后面，就是因为要看到前方的路。而教育，不也应如此吗？

论金钱崇拜

对于人类这种高级生物，安逸的生活只会磨灭其心志，唯有不断地挑战才能激发其潜力。

现实主义小说家有个共同特点，那就是普遍因现实而忧郁。在这些现实主义小说家中，尤以可怜的乔治·吉辛①最为严重。乔治·吉辛虽然是一个天赋极高、诚实正直且有学问的小说家，但因为两次不幸的婚姻，他一生都过着穷困潦倒的生活。正是因为现实生活的窘境，乔治·吉辛笔下的诸多小说人物都拜倒了在金钱之下。比如，在他的代表作《夏娃的赎金》②中的女主人公，用了诸多冠冕堂皇的借口，抛弃了贫穷的爱人，转投富人的怀抱。她在物质与爱情当中显然选择了物质。可讽刺的是，

① 乔治·吉辛（1857—1903）：英国小说家、散文家，其小说强调贫穷对人的腐蚀作用，由于他既不相信有产者的慈悲，也不相信无产者的反抗，其作品多含悲观与绝望。——译者注
② 《夏娃的赎金》：Eve's Ransom，成书于1895年。——译者注

那个被抛弃的穷人居然认为女主人公的选择是正确的，因为优厚的物质生活能让她幸福，而自己虽然有爱，却给不了爱人应有的幸福。如此扭曲的人物在乔治·吉辛的小说里并不是孤例，在其他小说当中，乔治·吉辛用更加辛辣的笔法阐述了金钱的强大威力与人们无法掩饰的拜金思想。

虽然乔治·吉辛揭露了社会上的阴暗面，可他对于金钱的态度却让诸多读者所不喜。大部分读者虽然也承认的确存在偏执的拜金者，但金钱却不等同于幸福，因此乔治·吉辛这种单纯地把满足物质欲望当作人生追求的写作主题自然不会受到读者的欢迎。在现代社会，人们早已不再需要为负担生活而犯愁，精神生活才是他们最大的追求。唯有那些守财奴，才会钻进物质崇拜的死胡同走不出来。物质崇拜还会加速生活的腐朽。对于那些拜金者来说，他们没有想过通过努力来谋求幸福，而总是把幸福看作某种幸运，看成来自外界的馈赠。可以预见，拜金者不可能成为艺术家，因为艺术家需要来自生活的旺盛创作热情，而不是馈赠；拜金者同样不可能成为爱人，因为他们爱金钱甚于感情。

一、拜金者与金钱崇拜

自人类社会建立道德标准伊始，拜金就处于道德的对立面。

无数道德家引经据典，细数拜金的诸多恶处，想必大家对此耳熟能详。但奇怪的是，即使道德家对拜金恨之入骨，将其视为耻辱，从古至今仍有无数人走在拜金之路上。既然拜金一无是处，为何又有那么多人口是心非呢？归根结底，还是我们当下的社会制度出了问题。无论我们承认与否，如今大家对于金钱的崇拜早已高于基本的生活需求，以至于不论哪个阶层，想的都是资本积累。将自己全部的思想，都放在追逐金钱上面，这便是拜金者最大的悲哀。为什么这么说呢？我们不妨将拜金者与艺术家做个类比。艺术家也要吃饭、喝水、睡觉，艺术家也需要物质生活，但是其生活重心却不在于此，但凡满足了基本生存需求，他们便会将时间与精力都放在创造艺术方面。因此对于艺术家来说，艺术创作便是他们的终极信仰。而对于拜金者来说，他们的终极信仰则是金钱。拜金者唯以金钱判断世间万物，他们认为，只要拥有大量金钱，就是成功者。实际上，如今的人们，虽然没有明说，但却有同样的想法。可是，这种拜金论显然与人类的本性相悖，因为它忽视了人类的高级需要，也忽视了人类的高级之处。拜金论的虔诚信徒还认为人类所做的每一件事情都应该为赚取金钱服务，至于那些不能赚取金钱的事情，则是微不足道的。然而，人世间比赚取金钱更有意义的事情有太多了。对于幸福人生，高收入也不是唯一的答案。高收入更像是某位成功学大师嘴里的谎言，它混淆了人类真正的需求，让人类只趋于满足物质欲望而忽略了精神世界。因此我十分担心在拜金论的影响下，整个社会变得一成不变，死气沉沉。

有意思的是，每当我们斥责拜金论的时候，那些虔诚的拜金论信徒会以信奉金钱至上的美国为例。的确，目前的美国依然是西方队伍的领路人。而那些怀揣美国梦①的美国人，即使已经赚取了足够的金钱，可以让自己及家人过上优质的物质生活，但他仍然会在办公室里奋斗到深夜。

与美国类似，在英国，除了小部分真正的绅士以外，不乏众多像美国人那样醉心拜金的人。只不过英国拜金者多了几分贵族范儿，他们更倾向于用金钱来维持社会地位，而不是单纯地积累财富。也正是由于这种心态，英国拜金者将财富匹配作为自己的行为准则，比如，他们的婚姻更多地考虑门当户对，考虑自己的财富是否配得上另一半的社会地位。为此他们不惜克制自己的情感，他们也不相信大小姐爱上穷小子这样的爱情

---

① 美国梦：所谓的美国梦（American Dream）有广义和狭义之分。文中指的是狭义的美国梦，即通过自身不懈的努力实现经济上的成功。——译者注

故事。总之，英国拜金者早已养成了谨小慎微的习惯，他们生怕因为做错事而有损自己的地位，这也让拜金者的生活刻板乏味。也就是说，英国的拜金者即使面对婚姻问题，也在不停地做风险评估。他们怕自己做了不合时宜的事，让结婚对象因为自己蒙羞。同时他们又在不断评估自己的社会地位，更改与自己不符合的结婚对象。但婚姻不应如此功利，那些将婚姻视作唯一使命的传统女性，其一生都在为经营婚姻而努力。如若她们也受到拜金论的影响，将自己的社会地位置于经营婚姻之上，那将是多么悲哀。她们必将失去享受感情的权利，从此无缘于感情世界的起起落落，最终归于按部就班的生活。可惜有些女性甚至享受不到这种生活，她们要么担心自己犯错，要么担心丈夫犯错，惶惶不可终日。

　　婚姻的尴尬还会引起其他方面的多米诺效应，比方说教育问题。英国拜金者基于势利观点，总认为私立学校最好。即使私立学校的教育并未见得比公立学校高明，但是私立学校的学费早已成为天然的门槛，足以隔绝了付不起学费的穷人。换句话说，拜金者选择私立学校并不是因其教育条件或者教育水平，而是为了让自己的孩子能与家庭优渥的孩子做同学，可能这就是所谓的资产阶级智慧。总之，为了让自己的孩子从小就有一个与其家庭实力相匹配的生长环境，英国拜金者煞费苦心，不惜为此挑战道德，克制人性。然而他们却没有意识到，其所作所为只会给孩子带来负担，让孩子过早地接触他们这个年龄段不应该接触的糟粕。毫不夸张地说，那些出生在拜金者家庭的孩子，从他们呱呱坠地那一刻起便戴上了沉重的枷锁，金钱的崇拜扼杀了孩子的诸多可能性。

　　说完英国，我们再来聊一聊法国。法国拜金者有一个显著特点，那就是通过吝啬来实现自己对于金钱的执着。当然这也与法国历来的社会环境有关。毕竟在法国很难做到一夜暴富，却很有可能稀里糊涂地得到一笔遗产。在得到遗产之前，法国拜金者或许有这样那样的生活目标，但在得到遗产之后，唯一的目标即守住这笔遗产。因为法国是历史上的强国，诸多战争的胜利让这个国家掠夺了大量资本。为了避免资本流失，法国制定了以家族为单位分配资本的基本国策，并且制定了最为完善的遗产继承法，比如，女儿出嫁时可以得到不菲的嫁妆等。因此，法国的家族制度比其他任何一个文明国家的家族制度都要强横。法国人都有强烈的家族荣誉感，为了家族的繁荣，他们甚至做好了随时牺牲小家的准备。然而，虽然"一切为了家族"这个口号说得好听，但当抛去冠冕堂皇的说辞，不难发现一切还是为了金钱。

　　相比于法国，德国的拜金者在历史上出现得较晚。在普法战争以前，德国没有严格意义上的拜金者。不过在现代，德国拜金者已为数不少，甚至形成了非常有趣的地域特色。我们都知道，德国人普遍都是狂热的爱国分子，因此德国人中的拜金者也把拜金上升到了国家的高度。德国经济学家弗里德里希·李斯特曾提出让德国在经济上实现统一的口号，并以此为核心思想，号召他的德国同胞思考经济问题时应以国家为单位。因此当一个德国人工作的时候，不管他从事的是商业还是制造业，他都自认为自己在为国家服务，而其他人也认可这一点。其实德国人对商业和制造业的执念来自英国人，他们认为正是因为在商业和制造业方面的卓越成就才使英国成为强大的帝国，而英国人在商业和制造业方面高度的国家视角也自然成了德国人学习的对象。诚然，德国人也认可英国人那所谓的站在国家层面看问题的说法有一定的虚伪性，但抛开那些糟粕不谈，居高临下地看待问题的确容易让人轻松走上成功的巅峰。只是，德国人在效仿英国人的过程当中却丢失了自己民族的特点，忘记了自己也曾为世界历史添砖加瓦。历史上的德国人当然也有缺点与优点，可惜现今的德国人却采取了最为偏激的手法改正缺点，没有保留自己民族的一丝优点。简单粗暴地否定自己，同时又简单粗暴地效仿别人，这样做的结果必然是不伦不类。因为效仿者或许掌握了被效仿者的小部分优点，但绝大可能是效仿者只学会了被效仿者的缺点。在我看来，德国人完全不必按照英国人的发展轨迹来壮大自己，德国人本身就是伟大财富的继承者，他们的宗教具有强大的世界影响力。所以为了世界文化的多样性，也为了德国的健康发展，我们希望德国人能早日从效仿英国人的拜金风潮中醒来。

拜金与效仿拜金并不罕见，古往今来都可以找到实例。只是相较于过去，现在的拜金危害性更大。究其缘由，有以下几点：首先，较之于以前的农耕制度，如今盛行的工业制度可以更轻易地解决现代人的温饱问题，而这样却容易让人们对工作产生懈怠感。换句话说，在农耕社会，不工作就没法吃得饱、穿得暖，生存需求使人们几乎不敢懈怠工作。而在工业社会，生存需求不再是唯一需求，人们有时间、有精力、有条件去懈怠，此时维持工作的新鲜感就成了一个课题。懈怠感有诸多缺点，它不仅会让人失去积极性，变得懒惰，养成易于放弃的恶习，还会让人安于现状、失去开拓进取的精神，从而导致人类社会发展驻足不前。更加糟糕的是，现代社会注重个性与坚持的培养，这本是一件好事，但对于执念来说却是一件坏事。其次，现代社会的强大生产力，导致资产过剩，同时也导致我们必须储备武器，储备军队，以此来保证我们的资产安全。毕竟资本时代最好的资本积累方式就是掠夺，而如果我们有了武力保障，可以做到不掠夺别人；但如果没有武力保障，我们必将被别人掠夺，这是资本主义的本质，也是资本主义的宿命。同时，这一切又让世界以国家为单位产生了浓郁的危机感。危机感促使每个国家把经济建设作为核心纲领，好像只有经济建设才是让国家繁荣强大的唯一途径。

二、社会制度与分配制度

当我们研究某种社会制度的时候，无论我们正生存于这种社会制度中，抑或是我们只能从资料里了解这种社会制度，都可以从四个方面来衡量这种制度，即生产的最高限度、分配的公平性、生产者的可忍受点以及对于社会进步的刺激程度。目前来看，现代大多数国家实行的资本主义制度最为关注第一个方面，而那些实行社会主义制度的国家则更加注重第二与第三个方面。但是资本主义制度国家也好，社会主义制度国家也罢，对于第四个方面的考量都是极其有限的。即使有些人会因为资本主义好还是社会主义好而争辩，但他们大多站在宏观的角度，以国家的层面来看待各种制度的利与弊。而对于我们每一个人来说，不可能人人都是目光远大的智者，也不可能万事都按照高姿态来思考，我们考虑更多的是自己的小生活。因此，在上述四个方面中，我认为第四个方面最值得我们每个人考虑。可惜对于现行社会制度来说，这个方面却是统治阶级刻意规避的硬伤。

　　现行资本主义最为重视的是增加生产量，为其服务的科学家们更注重研究如何发明更有利于生产的机器、哪种雇佣关系更有效率、哪种考核制度有利于生产等问题。然而过分刻意地追求生产量，并没有让生活变得更美好，甚至酿成了一些悲剧。比如，资本家为追求廉价劳动力，拐卖走私黑奴，让那些原本快乐生活在非洲的黑人，经过一系列残酷的旅途，到达了曼彻斯特①的工厂，开始了没有尽头的工作。并且资本家为此津津乐道，他们甚至还互相交流购买黑奴的心得，称那些野性的、还没有被驯服的黑奴生产力最高。这显然是不人道的，然而资本家们却以推动工业化建设为借口粉饰太平，掩盖罪恶。

---

① 曼彻斯特：英国著名的工业城市，以纺织业闻名。——译者注

这些资本家在追逐增加生产量的道路上失去了人性，剩下的只有狂热。这种狂热让资本家变得极端且残忍，对于他们来说，生产本身就是一件充满快感的事情，哪怕生产线上的工人早已累得生产不出任何东西，但只要资本家看到工人坐在自己的工位上，他们便会发自内心地高兴。然而，这种病态并不仅仅出现在资本家身上，我们的经济制度也有这种病态，比如，在现有经济制度体系下，拥有一份工作便被视为拥有了幸福，即使这份工作让人感到烦闷、压抑、不舒服，他也不得不接受这份工作。

在充满智慧的东方，有个词语叫"欲壑难填"，指的是人类的本性便是不满足。即使我们吃得饱、穿得暖，我们还是想要更多的东西，或许是为了炫耀自己的财富，或许是为了占有欲，总之，不满足就是人类的本性，不可能消除。而这种不满足，就促使人类做每一件事都容易走极端。实际上，现代社会早已发达到人类不需要时刻工作便可维持自身基本的生存需要。人类往往每天只需工作几个小时，更不需要长期加班，就可以把属于自己的工作份额完成。而人类的工作成果，也不再是单纯地为了满足口腹之欲，女人可以买奢侈品以满足自己的装饰需求，孩子可以买玩具来满足自己的娱乐需求。另外，现代人早已拥有了休息的资本。如果需要的话，他们甚至可以很长一段时间不工作，依然能解决温饱问题。在这种大环境之下，精神生活成了人们关注的重点。但显然目前的休息还不够，以工资为生的人们想要在工作之余有更多的时间了解科学与艺术，也有更多的精力学习知识。不过，休息与资本主义却是格格不入的死敌，因此在资本主义世界里，人们得不到足够的休息，资本家甚至用工资来套路工人，迫使他们不得不长时间工作。举个例子，曼彻斯特的一个纺织厂工人辛勤工作一年能赚到八百英镑，可他若是只工作了半年，却得不到八百英镑的一半——四百英镑，事实上若达不到全勤，他甚至拿不到一分钱。全勤的出现，暴露了资本家对于工作的误解。他们总认为人就应该长时间连续地工作，若是有一段时间不工作就会忘了该怎么工作。在我看来，资本家是愚蠢的，他们看不到休息后的工人效率会更高。在非洲国家，在那些热带"淘金区"，资本家们表现得更加愚蠢。可怕的是，在这些地区，除了少数爱心者能发出微弱的抗议声音，工人们并不敢反抗资本家，他们只能默默忍受。如此病态的原因要归于我们现行经济制度下的畸形期望。现代的工人、劳动者、资本家、统治阶层对于生产量的刚性需求仅占总生产量的一小部分。而剩下的生产量冠冕堂皇地说是用于积累，实际却是在浪费。而为了改变这一切，解放工作者，就只能实行一种全新的经济制度，以平衡生产与需求。

我不看好现有的工业制度，放任其继续发展，并不能助力实现最大限度增加生产量这个终极目标。我不是否认现行工业制度对于增加生产量的贡献。较之于落后的农耕制度，目前的工业制度是先进的，却也是浪费的，它既让工作者的健康受到了损害，也让工作者效率低下。尤其是在童工与女工方面，现行的工业制度与农耕制度并无分别。另外，现行的工业制度适用于小家庭，对于跳脱传统家庭、组建人类大家庭这样的目标并无益处。还有，靠工业化繁荣起来的大都市背后都隐藏着无数的隐患，比方说大都市并不是想象中那么美好，查尔斯·布斯所著的《伦敦贫困地图》揭示了伦敦的穷人生活，让世界知道了伦敦不为人知的另一面。世界上的其他大都市也有类似的问题，在快速发展的过程中出现了极大的贫富差距，同时又过度开采资源，没有有效利用资源，导致资源浪费。现在来看，这些问题似乎并不严重，但我们的后代将生活困难。

关于这些问题，社会主义学家提出了先用资产国有化，再设立一个绝对公平的分配制度来解决。是的，不管从哪个角度，但凡考虑到一丝的公平，都不可否认我们现行的分配制度充满了不合理。虽然我们现在的分配制度由法律来捍卫，但我们都知道即使是法律也不可能照顾到方方面面。总体来说，法律只能通过四个概括性来源鉴别私有财产是否具有合法性：第一个来源是所有权，即这份财产是否由这个人所生产；第二个来源是经营权，即他可以通过经营他所拥有的财产来获取财产；第三个来源是土地所有权，包括土地产出以及土地经营；第四个来源则是遗产。有趣的是，这四种来源就好像登山的阶梯，一个比一个宝贵。也就是说，法律认为资本收入比劳动收入宝贵，土地收入比资本收入宝贵，最宝贵的反倒是与自己劳动、经营都无关的遗产。

对于资本世界的法律来说，某个人靠自己劳动赢得的财产只会在小范围内得到承认。诸如马克思等社会主义先驱则是坚决主张把通过劳动者自己劳动得到的财产公平分配的基础。可如何衡量劳动者通过劳动得到的财产却是个难题。现代工业早已摒弃了独立作业的模式，以商品为例，无论是一支铅笔还是一把小刀，都是流水化作业的产品。那么流水线上的工人谁能得到这支铅笔或是得到这把小刀，就很难分清。同样，在某条铁路运输线上运送的货物，我们很难说清他应该属于火车司机还是属于搬运工。还有，若是某个医生挽救了一位患者的生命，那么他有没有权利获得这位患者康复后所创造的财产。诸如此类的问题庞杂且没有唯一答案，想要一一解决，基本不可能实现。就算有朝一日，我们对此类问题有了统一的解决模板，答案也会因人而异，不可能绝对公平。如果理性思考，强壮者多劳多得无可厚非，但世界却不是一成不变的理性，总有那么一刻会让其充满了温度，比方说我们在考虑多劳多得的时候，加入了对弱者的同情，这种同情相对于绝对公平来说是一种阻碍，但是对全人类来说却是福音。因此，唯有在绝对公平的基础上加入相对公平，才能最有效，也是最有人情味儿地解决贫富差距问题的方法。同时，我也相信掺杂着相对公平的绝对公平可以更好地刺激人们对工作的积极性。这也很好理解，强壮之人可以靠体能优势赚取财产，可那些虚弱之人呢？他们没有体能优势，开展工作的难度也就随之变大，如果按照绝对公平的分配制度，他们必将得不到什么财产，那么大家想一下，他们还会继续努力工作吗？恐怕只会自暴自弃吧。

众所周知，资本主义诞生的契机来自资本过剩。当某一阶层的人积累了一定资本，并且他的资本受到法律保护，任何损害他资本的行为如盗窃、抢劫等都会受到惩戒时，他的资本便会完成初始积累。此时有生意头脑的人会用他的资本产生新的资本，比如，放贷给其他商人，通过收取利息让自己的财产增值。但是，这种以资本产生资本的经济行为如果没有得到严格的管控，肯定会滋生出与自由、平等、公平毫不相关的反面影响。总之，不管是资本主义制度社会还是其他制度的社会，都在想方设法地约束用资本产生资本的行为，比如严格规定利率、不允许暴力收账等。

至于土地的私有财产权，本质上不应该存在。因为除了通过武力之外，没有其他方式能够让人们维护土地权益。尤其是在封建时代，除了那些得到工作允许，可以为自己工作的佃户之外，其他不速之客都会遭到领主的武力驱逐。后来，法律替代了武力，成为保障土地权益的利器。总之，土地是所有者的私有财产，除非得到所有者的允许，得到为其工作的机会，否则都会受到法律的制裁。不过也有例外，历史上也有土地所有者将土地所有权分给他人的例子，比如，某个封地领主为了招安武力强大的土匪，于是将自己的部分封地分给土匪，希望借此让土匪安分守己，不再胡作非为。招安历史悠久，而且存在范围极广。在欧洲我们可以见到招安，在非洲我们依然可以见到招安。只是在非洲的招安需要稍稍伪装，比如，明明是殖民者武力驱赶南非当地原住民，霸占了当地的金伯利钻石矿和兰德金矿，殖民者却还要强迫当地原住民发出声明，称其是自愿将钻石矿和金矿赠予殖民者。这是典型的勒索，也进一步证明了人类为了土地利益可以多么无耻。因此我认为土地所有权对于人类社会没有丝毫的益处。但凡那些强盗还有一丝羞耻心，他们都应该主动归还自己无理占有的土地，并且对那些原住民给予相应的赔偿。

　　不过，若是让地主们彻底地取消租金，也不能保证分配公平。因为这样又会产生争端，因为人人都会想要争夺最肥沃的土地。所以应该收取租金，只不过租金应该统一交付国家处理，由国家按照需要用于建设、医疗、养老等方面，或者干脆由国家出面成立一笔用于消除贫富差距的基金。如果真的可以这样做的话，我敢说既可以让穷人脱贫致富，又能防止出现经济寡头或地产大鳄。可惜现有的分配制度却做不到这一点，尤其是对于铁路公司、矿主这样的土地所有者来说，土地权益是他们赚取资本的命根子，若是受到了损害，就是在逼他们造反。所以为了安抚他们，人们只能默许他们的罪恶。

　　接下来我们再来聊一聊遗产。遗产虽然不是通过自身努力便可得到的财产，但得到了世界各地人们的认可——人们认为继承遗产是每一个人应有的权利。当然，在不同地区，继承者继承遗产时受到的约束有所不同。比方说在英国，继承者可以随意支配所有的遗产，而在法国，继承者就不能随心所欲地继承所有遗产，他需要留出一部分遗产分享给其他的家庭成员。可是大家有没有想过，不论是继承全部遗产还是继承部分遗产，都没有任何合理性，继承遗产只能体现人类的占有本能以及家庭观念。至于为什么这么说，我们通过一个例子来分析。比方说某位发明家因为发明得到了丰厚的奖赏，那么这个奖赏代表着什么呢？显然代表着社会对于该发明家工作的认可。然而当这个发明家把这份奖赏留给他的后代时，我们还能说这是在认可他的后代吗？

　　一般来说，那些继承者只是投胎幸运，却并不能证明自己有什么能力。实际上那些依靠遗产生活的继承者普遍是一群懒惰阶级，他们沉醉于投胎幸运给予他们的优质生活，也因此让自己变得软弱、缩手缩脚，他们安于现状，害怕生活有所改变。对他们来说，改变就是要他们放弃自己现有的不劳而获的生活。可怕的是，他们不劳而获的生活却让人羡慕，因为外人只看到他们不需工作便可生活优渥，却没有看到他们的担惊受怕。所以从某种意义上讲，继承者好比毒瘤，对社会各界都造成了不好的影响。

也有人说人们努力工作一部分缘于遗产的刺激。也有人力图证明，那些经济寡头之所以疯狂地积累财产，就是想为自己的子孙后代留下不菲的遗产，从而让他们不用像自己这样劳累。对于这些人来说，如果自己的财产没法留给子孙后代，那么他们肯定会失去奋斗的欲望。我不敢苟同这个观点，不相信那些努力工作的人是因为这个目的而热情工作。人们对于工作总是会产生惰性，在自身生存需要没有得到满足的时候，惰性还不明显，一旦工作可以解决生存刚需，惰性便会趁机而来。此时，唯有工作才能战胜惰性。因此，经济寡头不懈工作并不是为了其他家庭成员，而是其自身对工作的渴望以及他们敢于面对工作的挑战。当然如果工作相对减少一点儿，以此减轻压力并保持身心健康，对于那些工作狂来说也是一件好事。

话说回来，现有的分配制度剥去那些花里胡哨的外表，其本质还是为统治阶级服务。也就是说，现有的分配制度是社会上层维护自己利益的工具，如果想要对其改造，我们应该依据什么原则呢？

三、社会改造原则

目前最能被大众接受的原则，莫过于社会主义。因为社会主义的目标在于公平，也就是消除一切不平等，包括消除财富上的不平等、地位上的不平等。不过值得注意的是，社会主义并不是一味地追求完全平等，它追求的是不同环境下针对不同人群的不同需求而进行的特定分配，从而达到相对的公平。毫无疑问，在资本主义环境下公平不可能实现，即使人们明白不公会造成诸多危害，但是资本主义的本质决定了其分配制度必将有所偏重。但刻意追求公平也未必是一件正确的事情。比方说让所有人都快乐是一种公平，让所有人都不快乐也是一种公平，但前者显然优于后者。因此我们在探讨公平问题的时候，一定要考虑到其对于人性的影响。古典社会主义如旧式的马克思主义就是没有考虑到人性中贪婪、懒惰等负面因素而导致社会主义在外人看来更像是一种空谈。似乎只有童话里的王子与公主才能实现旧式社会主义，毕竟他们永远过着幸福的生活，不用为生存而担忧，也没有什么坏心思。可是，现实生活不是童话，做不到让生活一成不变的快乐。

　　现代社会主义者应当注意古典社会主义从工人运动中汲取的教训。工人运动虽然是社会主义改革最为重要的举措之一，却同样存在隐患。工人运动虽然主张正义，但归根结底，还是在用多数人的努力实现少数人的利益。当然这种利益分配在某些特殊历史时期或许是对的，但在工人阶级已经成为社会主流的今天，就未免有些不合时宜。话说回来，让多数人为少数人服务的社会制度本身就存在严重问题。诚然，科学、艺术等社会高精领域的发展需要少数天才来推动，然而整个社会的运作，却需要大多数人众志成城才能实现。基于这个原因，就不能要求多数人为少数人服务。不过，从道德的角度来说，工人运动所向披靡，如今也只有那些抱有偏见，或者极度自私的人对这种运动持抵制态度。毕竟对大多数工人来说，工人运动始终是拯救他们自己的解放运动。

为了保证利益分配相对公平，工人运动需要先进的政治纲领引导。可是，政治纲领是一把双刃剑。在工人运动早期，政治纲领会引发工人运动的热情，但在后期，这些政治纲领或许会变成制约甚至隐患。这就是精英分子与普通大众之间亘古不变的阶级矛盾。一般来说，精英分子之所以称得上精英分子，就是因为他们自认为优于一般大众，而这种优越感要求他们生活得比一般大众要优渥。这是一种非常奇怪的心理，却在贵族、财阀、官僚等所谓的上层人士之间十分流行。也正因如此，精英分子与普通大众泾渭分明。而在工人运动的后期，一些早期的领导者、贡献者就变成了所谓的精英分子，他们或是掌握了权力，或是掌握了资源，而不再是当初一起运动的同志，摇身一变为需要仰望的上层阶级，若这些新生的上层阶级忘记了初心，被权力、资本侵蚀，自然就变成了工人运动的对立面。更糟糕的是，如果工人运动的领导阶级满足于阶段性成绩，那么他们的运动热情就会逐渐熄灭，原本的矢志不渝，也会变成得过且过。好在工人运动中不乏既有爱又有智慧的领导者，他们不是为了争权夺利，而是出于对工人阶级的无限同情。这些领导者才是工人运动中最为宝贵的财富，他们对工人阶级的共情，让工人运动有了相对公平的可能。同样也正是因为这些领导者，让工人运动与古代的农民起义有了本质上的不同。古时的农民起义很少有政治纲领引导，权力更是掌握在少数人手里，而工人运动则不同，不仅有先进的政治纲领指导，而且其受益者不是某些人，而是整个阶层。

只是这些有爱且有智慧的领导者并不多见。因此在工人运动的后期，社会资源二次分配的时候，出现了体力劳动与脑力劳动对立的新矛盾。出卖体力的工人阶级认为自己比出卖脑力的工人阶级要苦要累，因此要享受到更多成果。而脑力劳动者却认为自己也是通过辛勤付出才有了今天的美好生活，不能因为没有体力工作者劳动时间长就否定自己的劳动贡献，毕竟脑力劳动者在精神方面更容易受到生活的摧残。

如今，不仅体力劳动与脑力劳动出现了对立，教育也受到了资本为王的冲击。父母们总希望自己的孩子日后过上优越的生活，希望他们能够尽早独立，因此常常会揠苗助长。想要解决这个问题，倒也不难，免去所有教育费用，让孩子平等教育即可。

工人运动里关于劳心、劳力生活的对立问题，不应该以坚决地反对来解决，也不应该妄图彻底完善地来解决，这是一个长期的求同存异问题。其正确解决方法是用现实生活引导工人思想，思想是解决问题的不二法门，若是能够集合那些聪明人为工人运动献计献策，那么工人运动必将无往不利。当然前提是保证这些聪明人尽心尽力，不掺杂个人感情色彩。

有了思想指导的工人运动，还要注意保守主义的危害。一旦生产方法中出现了保守主义，不仅会阻碍生产力的进步，还会严重束缚劳动者。不过也应理解保守主义，比如，工业时代各种生产工具的革新，导致工人大规模失业。工人害怕失业潮再次出现，因而抵制先进的生产技术。可是，并不能因此就阻止科技的发展。实际上，我们也不可能阻止科技的发展，毕竟社会进步的基础便是生产工具的日新月异。更重要的是，每一次生产工具的改进都会极大提高生产效率，从而最大化地收获劳动成果。如果这种良好效应都要被抵制的话，长此以往，社会必将驻足不前。如果出现一个国家抵制技术革新、另一个国家推崇技术革新的情况，那么必将拉开国力强弱的差距，到时候强国肆意蹂躏弱国，弱国却怪不了别人，只能责备自己没有抓住技术革新的机遇。

不过，在安抚工人接受生产工具革新方面，我们的确应该采取怀柔的做法，不宜与他们对立或者空口说教。如果某种技术革新后对工人的生计没有影响，那么他们还会抵制这种新技术吗？换句话说，当我们考量技术革新是否能够推动社会进步的时候，加入人文关怀，让其有着更为人性化的思考，那么这种技术革新作用会更大，也更会得到社会各界的认可。

与生产工具的革新类似，政治制度的改革同样也需要有完善的人文思考，比如，考量该制度对人们的创造性、勇气、闯劲以及幸福感是否有积极的影响。英国人用资本主义颠覆封建社会，不就是因为资本主义对人们的物质生活与精神生活有益嘛。另外，英国的资本主义催生了新兴的英国文学、音乐、建筑等艺术瑰宝，而这些让英国在历史长河中璀璨夺目。诚然，英国的资本主义并没有实现相对公平，它也有剥削也有压迫，但相对于封建社会来说，其对于人们生活的改进有着质的飞跃。

　　对于人类这种高级生物，安逸的生活只会磨灭其心志，唯有不断地挑战才能激发其潜力。或许有些人会因一时的恐惧选择安逸，但总有一天，他们都要面临挑战。这是人类发展的宿命，也是衡量经济制度的试金石。当一个经济制度可以保证人类的发展不被束缚，即使它没有做到公平分配，抑或是没有给予人们丰厚的物质条件，那也是值得称赞的。而经济制度若想要达到不束缚人类发展这个目标，必须做到以下两点：一是容忍人类的所有本性，二是为释放这些本性提供便利条件。人类有不同于动物的旺盛创造欲望，创造欲望会让人精力充沛，而那些不能释放创造欲望的人则会慢慢失去生气。社会想要发展，也需要创造欲望强烈之人，比如那些艺术工作者、科学研究者、政治领导人、团队指导者等。创造欲望是这些人做出卓越贡献的基石，没有创造欲望，他们便不会取得优异的成绩，社会也会停滞不前，甚至倒退。

　　值得注意的是，天才们会因创造欲望而变得优秀，一般人也会因为创造欲望实现奇迹，无论是充满好奇心的青少年，还是久经考验的成年人，只要创作欲望没有被消磨殆尽，他们便可以成为社会的栋梁。即使他们比不上天才，但哪怕做出一丝有利于社会的贡献，我们都应给予高度的肯定。另外，创作欲望会让人在懈怠时保留一丝动力，这种动力是远远高于工资所赋予的。可是，现今主流资本主义却忽视了这一点，它妄想通过工资调节来保证人类进取的天性。可是，工资既是激励也是考核，我们想要得到工资，就得遵从上司的命令，在这个过程当中，人们丧失了工作的主动性，而是只为追求工资的被动工作。这是可怕的，它会一点一滴积累人类的惰性，总有一天，这些积累的惰性会爆发，而到那时，仅凭调节工资来疏导惰性爆发是远远不够的。

从某种意义上讲，资本家应该感谢工会的出现。工会一系列关于阻止剥削的操作实际上是为了提高生产效率。也正是因为工会的出现，将工人这个大团体划分成一个又一个的小团体，这些团体都有相似的处境以及共同的奋斗目标，因此他们需要解决的问题，以及解决问题的方法也不尽相同。

资本主义社会需要工会，到了社会主义社会，工会依然有必要存在。社会主义社会里工人的雇主统一为国家，而国家是一个宏观的大体，不可能对每一个工人都照顾得面面俱到。在社会主义国家，奉行少数服从多数的原则，国家也只能照顾到多数人的利益，当少数人的利益与多数人的利益发生冲突的时候，国家只能要求少部分人牺牲自己。然而这些少部分人的牺牲并不是自愿的，他们会因此产生愤懑，愤懑积攒到一定程度，是一种可怕的毁灭力量。不过，工会的出现便是解决这些问题的良好契机，它为每个工人提供了争取政治权利的途径，工人们都可以通过工会来为自己争取或微小或复杂的权利。

古典社会主义认为应该废弃所有私有制企业，让国家成为所有资本的主人。如今看来，似乎并没有这个必要，那些一竿子打死一群人的改革者与顽固的守旧派没有任何分别，他们都对于某种状态有着极端的执念。在他们心里，求同存异无异于恶魔的低语，是万万不能接受的。然而，如果资本所有制的程度已经受到限制，大部分人都已经摆脱了剥削，这样做就已经足够了，没有必要为资本所有制作出极端的更改。世界工业的发展需要资本所有来刺激，当然也应该由一个更为民主的制度来管理。

我这么说不是为了洗白资本主义背后的血雨腥风，相反，我坚决抵制因资本主义过度发展而产生的军国主义，以及资本主义在经济发展领域一贯奉行的掠夺策略。在我看来，经济的发展不能靠掠夺他人成果来实现，应该是通过提高效率、发展科技等手段来实现。我也承认，相较于资本主义，社会主义是更为先进的社会制度。但即使是社会主义制度，也在某种程度上剥夺了人类的创造本能，从而衍生出了懈怠感。懈怠感造成的后果十分可怕，因为它是生活动力的最大敌人，在懈怠感与生活动力的斗争中，如果懈怠感占了上风，意味着人们对所有事情都提不起兴趣，他们自然也没有心思改造世界，国家也就没有了锐气，社会发展也就变成了空谈。

一个国家失去了锐气，那就好比猛虎被拔掉了獠牙。失去了獠牙的猛虎会遭到同类的欺负，自己的生存甚至会受到威胁。因此国家需要保持锐气，为了保持锐气，国家就需要拥有包容新思想的度量。换句话说，一个国家需要听到多方面的精神，君主制与独裁制早已不适合国家的发展。其实不仅国家需要改变，大型企业想要良性发展，也需要变成民主制，最低程度也要变为联邦制。然而，当前社会各界在这方面都有所欠缺，尤其是恼人的工资制度，便极其令人作呕。因为工资制度代表着分配不公，同时还把工人与工作期望隔离开，导致工人的主要目标就是赚取工资。而资本家的目的却是尽可能地压榨工人的工资，为此他们编造了诸多冠冕堂皇的借口，比如，诓骗工人与自己一起创业。如此的冲突是资本主义不可调和的矛盾，而这种矛盾也正是制约资本主义发展的重要原因。

诚然，资本主义世界为了维护制度稳定，安抚工人阶级的情绪，允许合作运动①以及工团主义②的存在。这其中合作运动已经非常成熟，而工团主义虽然刚刚萌芽，却也没有受到抑制。合作运动似乎在某个特定的范围内可以代替工资制度，让工人按需所取，让财产归为共有，但事实证明合作运动并不能大范围实现。相比之下，似乎工团主义更有成功的可能。

但要注意，即使是工团主义，也不能以摧毁个性作为改革的前提，每一个改革成员都应该是自愿接受改革，而不是强迫接受改革，并且每一个成员都有为自己利益发声的权利，才能让改革走向成功。如今的经济制度却没有遵循这一原则，它反倒让大部分人失声，只让统治阶级的声音响彻全社会。所以，现代社会是死寂的，没有生机的。

不过，我还想指出一点，这一点会让大家感觉我在啰唆，

---

① 合作运动：是依照合作制的设想所实行的社会实践，其标志是英国空想社会主义者欧文进行的合作公社实验。1825年，欧文在美国印第安纳州创办了"新和谐公社"，该公社奉行财产公有化、管理民主化、分配需要化、劳动结合化等宗旨，力图证明合作公社思想的优越性与可行性。虽然1828年实验即告破产，但引起了欧美社会的极大关注，并产生了深远的影响。——译者注

② 工团主义：无政府工团主义，流行于20世纪初期，是国际工人运动中的小资产阶级无政府主义思潮。工团主义以工会（即工团）为单位与政党对立，认为工会才是团结和领导工人的唯一组织形式，否定无产阶级革命和无产阶级专政的必要性。——译者注

抑或是首鼠两端，但我还是要说，社会也不能放任各界肆无忌惮地发出声音。当今社会的稳定发展，也肯定需要服从，尽管它并不有趣，但就工作而言，唯有遵从技术领袖已然走出的道路，才会让工作不走弯路。如今社会上的很多工作并不是探索，只需要机械地执行即可。如果人人都想要走捷径，那么社会必将乱套。我希望工人在辛勤工作之余可以有闲暇时间进行娱乐，更希望他们可以做自己感兴趣的工作，还希望他们可以摆脱无趣的工作。不过这一切的前提是工人满足了基本的生活需求，他们不需要为生计抛弃自己的乐趣，也不用为工资耗费自己的全部时间。当工人从事喜爱的、感兴趣的工作也可以让他们解决温饱的时候，我想他们必不会再去做那些乏味的、枯燥的、重复性的工作。所以说，想要解放工人的天性，并让其自发地工作，一切关于报酬之外的需求都是额外需求，只有报酬满足了这名工人的生存需要，才有可能让他做出取舍，也有可能让工人发挥自身才能，提高工作效率，提出改进意见。

　　不可否认，由于消费者、生产者以及资本家这三者之间没有任何一个可以适用于其中两者的共同利益，现有的社会制度成了发展生产力的阻碍。而合作运动便是试图结合消费者与资本家的利益，工团主义则是想要结合生产者与资本家的利益，也就是说，合作运动与工团主义都没有尝试将消费者、生产者以及资本家这三者的利益结合在一起，甚至没有试图将三者的利益联系在一起。因此，哪怕合作运动与工团主义有朝一日可以解决现行社会制度下的诸多顽疾，这两种制度也是有缺陷的制度。

翻开人类的历史，我惊讶人类不止一次地为政治上实现民主而斗争，却极少为了工作上实现民主而做些什么。但我认为总有那么一天，人们会发现工作中的民主是一件极其重要的事，这种民主将会催生无限的利益。工团主义的普及便是这个想法的最好佐证。事实业已证明，现代人早已不满过去的工作制度，渴望工作制度可以更加符合人性。当这点实现时，工作便不是生存的必须，而是发展的必须。人们不再为了吃饱穿暖而工作，而是为了兴趣而工作。

当然，就现阶段实行的社会制度以及社会发展水平来看，除了那些含着金汤匙出生的幸运儿，基本没人可以有这样的工作自由。想要实现这个目标，一定要废除土地所有制、资本私有制，但不一定要实现分配的绝对公平。在我看来，公平没有绝对，只有相对，只要它能够最大化地激发人们的工作热情，那它就是成功的公平。并且也只有公平，可以实现人们的各项自由，也能够让人们更加健康地发展。

辑 三

共 情

UNBEARABLE PITY
FOR
THE SUFFERING OF MANKIND

我们为什么要生活在深渊里？
我们完全可以闯出一片天地，创造更加美好的生活。

———

Bertrand Russell

如果我们想要幸免于黑暗时代

如果我们想要为世界做点什么，那就应该打破国家的界限，共情全人类。

放眼整个世界，西方文明似乎岌岌可危，总是让人感到担忧——或许在不远的将来，西方文明会经历一段悲怆、哀愁、痛苦的时期。而在那时，如果我们没有牢记西方文明的根基，那么我们很可能会在贫穷、饥饿与动荡中丢失曾经拥有过的一切。实际上，如果我们想要熬过那段艰难的时期，并且保留住西方文明的精粹，就不能不将西方文明中的勇气与希望视为坚定不移的信仰。因为只有这样，我们才有可能正视眼前的艰难险阻，才有可能坚定我们的意志，保留我们的希望，并且牢牢抓住我们曾经为之付出艰苦努力的理想。

纵观整个西方世界的历史，我们可以发现这种严重到威胁文明的灾难时有发生，罗马帝国的覆灭便是最好的佐证。那时与现在一样，由于战乱导致的诸如落魄、逃跑、放弃等负面情绪大范围滋生，甚至影响到了文学作品，以至于彼时的文学作品都具有残酷的文字风格。幸运的是，以基督教会为代表的宗教教派在那一时期得到了蓬勃发展，收获了无数信徒，并且最终发展成为新文明的重要内核。有意思的是，不仅基督教会在战乱中得到了发展机会，还有许多教义高尚、抱负远大的异教教派同样在这一时期应运而生，只是相对于基督教会来说，他们缺乏强大的推动力量。

　　提出新柏拉图主义①的古罗马哲学家普罗提诺②，便是这一时期最具典型的异教派学者。普罗提诺年轻的时候，曾希望震烁世界、扬名海外，于是便追随当时的罗马帝王戈尔迪安三世远征波斯。然而戈尔迪安三世大业未成，遭遇罗马近卫军哗变，最终失去了生命，普罗提诺也因此流落他乡，最后用尽浑身解数，经历千辛万苦才回到家。而这段经历也让普罗提诺不再幻想，开始脚踏实地。

―――――――――

① 新柏拉图主义：古希腊文化末期重要的哲学流派，对西方中世纪的基督教神学有着重大影响。该流派主要基于柏拉图的学说，但在许多地方进行了新的诠释。因此虽然被归属于柏拉图主义阵营，却带有折中主义倾向，被认为是以古希腊思想来建构宗教哲学的典型。——译者注

② 普罗提诺（205—270）：又译作柏罗丁、普洛丁，新柏拉图主义奠基人。其学说融汇毕达哥拉斯和柏拉图的思想以及东方神秘主义，视太一为万物之源，人生的最高目的就是复返太一，与之合一。其思想对中世纪神学及哲学，尤其是基督教教义有很大影响。——译者注

　　普罗提诺坠入书海，陷入沉思，并且根据所学所想写出了一部部鸿篇巨制。在这些著作中，普罗提诺提出了太一①是万物终极唯一最高原理的思想，并希望世人都可以思考世界中永恒不变的部分。普罗提诺想借此让世人过上美好的生活，然而，事实证明他的思想并不是挽救帝国、拯救平民的良方。

　　普罗提诺在宣传教义时不断强调思考，这是值得我们学习的，但把思考用在永恒世界方面未免有些可惜。如果想把思考变得完整且有意义，我们就应将其与实践结合起来。没有行动支撑的思考，便是空中楼阁。而当思考没有现实意义的时候，我们也可以毫不客气地称其为只是逃避现实的手段。

　　罗马文明里最著名的殉道者——哲学家波爱修②，就是值得我们时刻牢记的优秀例子。在波爱修生活的时代，罗马已经沦为哥特人③的附庸。而波爱修的才华与品格受到了东哥特王国国

---

① 太一：在西方古代哲学里，太一意谓单一、独一、没有界限、没有区分、自身浑然为一。普罗提诺认为世界万物都是由太一所产生，太一是绝对超然的神，是一切存在物的源泉和最终原则。——译者注
② 波爱修（约480—524）：西方殉道者。曾是一名政治家，在523年遭监禁，后被处决，在监禁期间写下了中世纪人文主义的奠基之作《哲学的慰藉》，有学者评价这本书对西方思想文化产生的影响仅次于《圣经》。——译者注
③ 哥特人：也译作哥德人，5—6世纪时东日耳曼人部落的一个分支部族。以德涅斯特河划分为西哥特人和东哥特人。在西罗马帝国境内建立了西哥特王国（位于高卢西南部和西班牙、卢西塔尼亚）和东哥特王国（位于意大利和克罗地亚）。——译者注

王狄奥多里克①的赏识，因此成为罗马执政官。在政治方面，波爱修表现出色，面对哥特人统治罗马的难堪局面，他致力于排除万难，为罗马人的罗马而服务。但世事无常，公元523年，波爱修被诬陷有阴谋叛国罪，关押在帕维亚监狱，并于公元524年被秘密处死。然而正是在狱中，波爱修写下了哲学史上的瑰宝《哲学的慰藉》。波爱修在这本书里用一种无与伦比的乐观与理性向世人展示了思考是如此的快乐、世界是如此的美好，波爱修坚信人类未来可期，因为人类这种高级生物在面对艰难险阻的时候总会保留希望的火苗。《哲学的慰藉》影响巨大，在欧洲中世纪的黑暗时期，甚至被誉为指引西方思想和文化的明灯。

　　每个时代都需要这样的殉道者，每个时代也都有这样的殉道者。这些殉道者意志坚定，目光深邃，私欲很少，最大的愿望是将身处时代的智慧、成就、希望和理想编纂成册。他们总想为后代留下点什么，无论付出什么样的代价，哪怕是生命，也绝不后悔。

　　纵观人类社会的发展历程，我们可以发现总有两种南辕北辙的理念为了争夺统治权而相互斗争。在这两种理念中，有一

---

① 狄奥多里克（455—526）：东哥特国王。在位期间多次对外用兵，开拓疆土，并保留罗马旧制，保护文化艺术，实行宗教宽容政策。——译者注

种讲究个体生活，认为这是人生最重要的追求，还认为诸多个体形成了社会，为了社会的安定、幸福与自由，每一位个体都应该尽自己最大的努力，向共同的方向发力。诚然，社会就好比一首交响乐，每一位个体便是这首交响乐里的音符，他们不可能保持完全的统一，彼此一定会有高低之分，但是，若要这首交响乐悦耳动听，每个音符都应和谐相处，不可突兀。

我们相信，每个人都有自由生活的权利，每个人也应该有自己的世界观、人生观和价值观。只要这些观念不侵害他人的利益，那么便应该允许其自由发展。也就是说，每一位个体都是自由的，可以按照心意学习知识或探索艺术，不应该受到政府的束缚。其实政府本应是一种服务大众的机构，而不是统治工具。

可是在沙皇俄国①，生活的理念却截然不同。在那里，个体生活不被看重，可以随时因政府的需要而牺牲。政府的利益才是整个社会里所有个体共同的目标，神圣不可侵犯。这一点从根本上与基督教伦理相悖，因此在其他西方文明国家里，很少有人赞同沙皇俄国的理念，诸多崇尚自由的思想家甚至发文谴

---

① 沙皇俄国：一般指俄罗斯帝国，是欧洲传统五大强国之一，也是俄罗斯历史上最后一个君主制国家，自1721年彼得一世加冕开始至1917年十月革命爆发后尼古拉二世退位为止。曾长期充当"欧洲宪兵"的角色，19世纪中叶克里米亚战争失败后，经济、社会发展和工业化渐渐相对落后于其他欧洲强国。——译者注

责这种理念，称沙皇俄国藐视人权。

　　思想家们不是危言耸听，他们是有足够理由的。比如，在沙皇俄国，人们认为屈服于政府的淫威并不是什么羞耻的事情，相反，每个人都应对政府卑躬屈膝、五体投地，似乎唯有做到这种地步才能保证政府的权威性。更有甚者，人们可以为了避免自己被流放到恐怖的西伯利亚而出卖自己最亲密的朋友。就连老师都在给孩子灌输这样的理念：若是父母做出了违背政府利益的举动，孩子必须大义灭亲。在这种氛围中，即便有人不愿被沙皇俄国如此奴役，即便他们有超人的勇气支撑自己与这邪恶的政府斗争，也很难成功，因为他们要防备的不仅仅是政府与军队，还有那些被政府洗脑的人。

　　在我看来，这种生活理念极其可怕，我们应该坚定地与之斗争。我也相信，任何一位生活在西方文明社会、接受过自由理念熏陶的人都不会接受这种理念，并且明白这种理念若是在全世界范围内推广的话，将会彻底摧毁每一个个体的生活，把我们每个人都驯化成听话的宠物。因此，没有任何理由可以阻止我们与之斗争的步伐。不过，若想要取得此战的胜利，解救那些被洗脑的可怜人，我们首先应该擦亮自己的眼睛，净化自己的心灵，明确自己的目标。更重要的，是要像波爱修那样，拥有殉道者一般的强大勇气。

　　沙皇俄国极度看轻个体的理念是一种极端，而在其他西方国家，却又有着另外一种极端的理念，即极度看重个体。这种极端理念也非正确选择，因为它最终只会导致每个人都自私地生活。实际上，智慧的生活应该是让每一个人都破除壁垒，让别人拥抱自己，同时自己也去拥抱别人。然而，很多人在小范围内可以做到这一点，比如，和自己的父母、孩子亲密无间，或者更进一步，他们还可以爱自己的挚友、近邻甚至于国家。但当范围扩大到了国家以外，他们便做不到消除隔阂、一视同仁。1940 年，法国被阿道夫·希特勒占领，所有法国人都陷入水深火热之中，然而在未燃战火的美国，大家却歌舞升平，并没有对法国人表示出任何同情。在我看来，这种事不关己高高挂起的态度并不能够推进世界的和平，如果我们想要为世界做点什么，那就应该打破国家的界限，共情全人类。此外，对于战争我们也不应该将自己置之度外，为了社会的进步、幸福的生活，每个人都有义务为和平贡献出自己的力量。

　　接下来，我们不妨按照现有的价值观念，考虑一下人类为何能从蒙昧无知的动物状态中脱颖而出，进化到如今地球上的霸主。相较猛禽恶兽，人类的体格可谓不堪一击，甚至就逃生能力来说，人类不像麋鹿般灵巧，不像猴子般敏捷，更没有锋利的爪子与厚实的皮毛……因此单就个体能力而言，人类在动物中并不是最强大的。

然而，人类又有着其他动物没有的特质——智慧。智慧给了人类安全生活的倚仗，比如，人类会使用火、会射箭、会种植；智慧还让人类学会了团结互助，以至于建造出了诸如帕特农神庙、胡夫金字塔这样叹为观止的奇观；智慧还让人类发展起系统的医学，帮助人类战胜病魔，延长寿命；智慧更让人类学会了如何使用工具、制造工具，从而让体力劳动变得轻松惬意。

过去，人类的死亡率相当高，不少婴儿都没有幸运地离开襁褓，即使是文明璀璨的国度，依然会出现饿殍遍野的惨状。然而现在这些状况早已有了翻天覆地的变化，婴儿得到了最好的医疗卫生保障，成年人的死亡率也大大降低。一些国家实现了小康，人们再也不用为了如何填饱肚子而发愁。当然，仍有一些国家正在经历贫穷与疾病，但他们也在朝着美好生活的方向前行。总之，人类社会充满了希望。

我们必须要强调这种希望，纵然不是每个人都满意自己的生活，也不是每个人都对国家、世界满意，但无论生活也好，国家、世界也罢，我们自己才是这一发展方向的主人，人只有靠自己，才能赢得幸福。

无论何种生命，都拥有着强横的力量，人类更是如此。在漫长的进化历程当中，人类早已习惯了残酷的自然灾害、无边的战争伤害以及病痛与贫穷。这一切总是客观存在的，不会因为人类意志而消失，也不会因为祈祷而缓解。但最近几个世纪，随着科技的迅猛发展，某些国家已经摸索出了应对恶劣灾难、改善人们生活的途径，从而让生活变得美好。更重要的是，这些国家发现这些途径中，最有效的是智慧与爱。

这些国家是人类未来的领路人，他们需要保持进取的勇气，同时更需要时刻保持冷静，不要受外界因素的影响，更不应该因为反对声音而放弃自己摸索出来的途径。如果他们放弃了，妥协了，那么他们便是全人类的罪人。

岁月流转，世事无常。在人类漫长的进化过程中，绕不开的是错杂与混乱。虽然人类社会在某一特殊时期出现了倒退，但结果一定是拨乱反正，恢复前进的脚步。哲学家巴鲁赫·斯宾诺莎①就曾为此贡献过自己的智慧，并为此一生都过着艰苦朴

---

① 巴鲁赫·斯宾诺莎（1632—1677）：近代西方哲学的三大理性主义者之一，与笛卡尔和莱布尼茨齐名。其提出"政治的目的是自由"，为启蒙运动的拓展奠定了思想理论基础。主要著作有《笛卡尔的〈哲学原理〉》《神学政治论》《伦理学》《理智改进论》等。——译者注

素的生活。巴鲁赫·斯宾诺莎是彻底的决定论者，认为任何已经发生的事情都是必然，而我们与其专注痛苦的现在，不如畅想美好的未来。我同意这种看法，过去就是过去，是过眼云烟，看不见摸不着，是已经解开的结，不用再挂念，是已经越过的山，不会再成为阻碍。若是我们因为听到孩子的哭泣便觉得世间只有悲伤，那么未免太过狭隘。其实我们不妨用巴鲁赫·斯宾诺莎的思想来看待问题，并且将其扩展到整个人类，那么我们必将发现人类在宇宙面前是极其渺小的存在，人类的发展，也不过是宇宙演化中的短暂插曲。

相对于整个宇宙，人类是那么微不足道，我们甚至无法确定宇宙的边界，无法到达宇宙中的各个角落。然而，宇宙却阻止不了人类的思想。实际上，人类的思想甚至高于宇宙的维度，思想让人类可以畅快地闯荡时间和空间这两个层面。在斯宾诺莎之前，婴儿的成长按分钟为单位来计算，少年的成长则是按天数，成年人则是按年度，但人的寿命有限，最长也就是按年度。然而在巴鲁赫·斯宾诺莎之后，人们的成长突破了个体限制，以思想为纽带将所有人类联合在一起，因此只要人类没有灭亡，那么思想的成长便不会停歇，近似于永恒。

也就是说，所有认同巴鲁赫·斯宾诺莎思想的人会发现，他们并不孤单，整个人类都是他们的后盾，所以自己遇到的灾难并不算什么，完全可以乐观地生活。

我的意思并不是说所有人都可以盲目乐观，恰恰相反，我想说乐观的人应该有着更为强烈的共情意识。乐观的人应该起到模范带头作用，他们需要关注别人的状态，用自己的乐观去影响别人。古老的东方有一句箴言可以十分恰当地阐述这一点，即"先天下之忧而忧，后天下之乐而乐"。也就是说，乐观者绝不可以是自我主义者，否则就浪费了他们身上那种足以战胜撒旦的能力。

撒旦总是在悲观者耳边低语，却不敢接近乐观者，因为乐观者总是低吟：

> 若福至心灵，
>
> 天堂又何妨，地狱又何妨？

乐观者又是睿智的，他们深知每一代人都将为他们的后代留下精神财富与道德精华，而这些代代相传积累到一起便成就了思想。可是，思想容易被遗忘，容易出偏差。莎士比亚的著名戏剧《李尔王》中便有这么一段：李尔王不堪忍受两个女儿无情的怠慢，一怒之下冒着暴风雨跑到了荒野。在那里，李尔王遇到了乔装打扮成疯癫乞丐的爱德加。虽然同是落魄人，但李尔王还是告诫爱德加即使食不果腹、衣不蔽体，也不应该扭扭捏捏。

在莎士比亚的另一部著名戏剧《哈姆雷特》里，主角哈姆雷特说出了同样含义的话语：

> 人便是完美的艺术品！人拥有崇高的理性、无限的潜力，还有敏锐的思想。这些让人好像天使，又如神明！

因此，像在沙皇俄国那样，个人为了得到苟延残喘的机会不惜出卖自己的灵魂、背叛自己的家人与朋友，是极其错误的。他们应该像哈姆雷特说的那样，肯定自己的能力，释放自己的思想以及播撒人类特有的爱与正义。因为只有爱人，才会被人爱。爱是连神明都惧怕的力量。无论是东方的神话，还是西方的教义，都有限制爱的内容，这并不是说爱是错误的，而是无论东方与西方都在畏惧爱所拥有的强大力量。

人这一辈子，可以活得轻于鸿毛，也可以活得重于泰山，关键在于他为世间留下了什么。当一个人的生命里无时无刻不在散发爱的光芒，并且这光芒照亮了家人、朋友、邻里前进的道路，那么这个人便是不朽的，值得所有人铭记。

关于在爱的方面，总有人纠结小爱与大爱的问题。这些人害怕自己的爱是渺小的，不足以影响到他人。这种思想是错误的，爱无论大小，只要在某一方面有着积极的作用，那就是有效的，值得肯定的。

其实，那些我们现在看起来像是大爱的爱，在人类文明的发展过程中也不过如此。而人类文明的发展相对于宇宙来说，又是如此的短暂。因此，我们完全不必过分追逐大爱，反倒可以试着让爱脚踏实地、切实可行。如果我们每个人都能奉献出这样的爱，那么我们现如今浮躁的社会必将沉淀下来，我们的生活也必将变得美好。

就让我们用容忍来看待不幸，用智慧去改变人生吧，我相信，人类未来可期，我们的生活必将变得美好！

克服畏惧，世界更美好

人类习惯掌控一切，若是对有些事物失去掌控，便会产生不安。

关于科技方面，我曾经长期思考这样一个问题：人类看待新科技的态度是否过于理性。或者应该这么说，对于新科技带来的影响，人类是否过于消极。在我看来，如果可以恰当地加以运用，那么所有的新科技都将对人类有益。人类根本不用畏惧这些新科技。其实，畏惧就是魔鬼，如果我们被畏惧所控制，那么我们就没有能力去面对问题，进而解决问题。因此，我想和大家谈一谈如何克服畏惧以及克服畏惧后，我们的世界将会变得多么美好。

想要克服畏惧，首先就要了解畏惧。畏惧分成两种，一种是情感方面的畏惧，另一种则是由于未知而产生的危机感。人类习惯掌控一切，若是对有些事物失去掌控，便会产生不安。当出现这种不安情绪的时候，如果我们不能理性处理，而是放任其发酵，那么我们的处境将更加危险，或许本来安全，却因丧失理智而变得危险。

实际上，畏惧是人类的本能，在这方面人类与动物并无二致。在某些情况下，畏惧对人类有着积极作用，比如，可以提醒危险，但在大部分情况下，畏惧是对人类有害的消极情绪，其中关键在于人类在畏惧出现后的反应。比如，有些人会因为畏惧而爆发非同寻常的力量，比方说某人原本是慢吞吞的性格，因为畏惧猛兽而跑得飞快，速度是平时的几倍。当然还有些人会因为畏惧而肌肉紧绷，迈不开脚步，连逃跑的动作都做不出。这样的人别说战胜危险了，恐怕连逃离危险都做不到。不过，无论是因畏惧而爆发还是因畏惧而消弭，都是极易失控的状态。所以，我们应该反抗畏惧，不受畏惧的控制，成为畏惧的主人。

但有一点我们必须明确，我们反抗的是畏惧，是在试图减轻畏惧对于我们的影响，而不是让我们不惧危险。

人类的能力有限，其生理机能也不足以藐视大自然。面对自然灾难、恶劣环境等威胁，人类不得不屈服，也不得不接受这个事实。另外，除了自然界的威胁，人与人之间的关系也让生活充满了危险，这其中情感占据了主导作用，若人与人之间的情感是爱，那么生活肯定是美好的，但若人与人之间的情感是妒忌、憎恶或仇恨，那么生活就会变得危险，若不加以约束，任由其发酵，肯定会造成无法挽回的恶果。

好在无论是自然威胁还是人际关系威胁，我们都有丰富的应对方法。一般来说，自然威胁无非三种：一种是食物威胁，比如水灾、虫灾导致的饥荒；另一种是资源威胁，比如水源与矿藏的枯竭；还有一种是死亡威胁，即因各种意外而失去生命。面对这三种威胁，人类完全可以见招拆招，根据需要采取特定的应对方法：面对食物威胁的时候，人类可以通过种植、捕猎等形式为自己谋取更多的食物；面对资源威胁时，人类可以利用节约、废物利用、寻找新资源的手段来解决；面对死亡威胁时，人类可以通过医疗技术与科学养生的方式来延长寿命。

虽然人类可以为避免这些威胁而采取力所能及的措施，但威胁是无法消除的。就拿死亡威胁来说吧，按照目前科学的发展速度，可以确信人类想要实现长生不老的愿望遥遥无期。即使真的实现了长生不老，那时暴增的人口会激发食物威胁，并使人类陷入全球大饥荒的危险之中。

所以当我们想要解决威胁的时候，必须进行充分、科学的考虑，要照顾到方方面面，尽可能达到某种平衡。就食物威胁来说，以目前全世界的大环境来看，为防止人口过度增长，进行计划生育远比提高粮食产量更具有可持续发展性。至于资源威胁，在发现新材料、新能源之前，我们可以通过杜绝浪费以及合理分配来解决这一问题。对于死亡威胁，我们人类完全可以另辟蹊径，通过精神世界的不朽来实现永生。

在古代，人们常以各种巫术、玄学、迷信等方式应对自然威胁，愚昧时代的人类相信天外有神灵，地下住着魔鬼，巫师是他们在人间的信徒，如果不好生伺候，那么神灵或魔鬼就会降下天罚。时至今日，在一些未开化的地区，人们还通过占卜与某种神秘的舞蹈来缓解旱灾。可是，这非但不能解决问题，反而会导致更糟的结果。中世纪瘟疫肆虐，人们本应隔离病患，防止病毒继续感染。可是当时的人不相信科学，反倒聚集在教堂祈祷，导致被感染的人越来越多。想要解决这些问题，我们就应该普及科学，用科学来促使人们了解自然，了解威胁。如今，虽然人们战胜了瘟疫，但还要面对其他自然威胁，这其中最典型的，恐怕就是人口的过度增长。而人口问题的出现，从某种意义上揭示了即使是发达国家，也不可能面面俱到地在每一个问题上都采取科学的处理方法。

相较自然威胁，人际关系方面的威胁更令人抓狂。我们常见自以为是的人，他们幻想自己如同释迦牟尼，天上地下唯我独尊。他们为了个人欢愉，不惜侵害他人利益。对于这样的人，我们就不能畏惧，应该勇敢地与其针锋相对，因为所有自私自利的人都是纸老虎，当真的发生争执的时候，这些人会迅速躲起来，好好爱惜自己的羽翼。是的，他们只爱自己，眼中只有私利。如果你养过狗，恰好这只狗又活泼好动，喜欢招惹其他动物，你就会明白我说的意思——有些小狗总喜欢在其他动物吃东西、睡午觉时过来挑衅，但当那些动物因挑衅而生气发火时，这些小狗却不会应战，而是飞一般地逃走。我就曾见过这样的场景，那是一只体形魁梧的大丹犬与一只仅有三周大的小猫之间的攻防战。刚开始的时候，小猫蜷缩在那里睡觉，大丹犬却在它旁边呼哧呼哧地喘气，并不时地用爪子拨弄小猫。小猫原本没有理会，只是偶尔"喵喵"叫两声。后来大丹犬用力过猛，把小猫顶翻，小猫这才彻底地愤怒了，弓起腰、奓起毛，仿佛随时都会冲向大丹犬，拼个你死我活。然而面对小猫的气势，大丹犬却泄了气，夹着尾巴溜走了。

　　我们应该像这只小猫一样，面对挑衅时勇于抗争。如果做不到，那将会因挑衅者的得寸进尺和仗势欺人遭受更大的苦难。不过，人类有时不需要像动物那样简单反击，而是有多种方式维护自己的权益，比如，先礼后兵，先用道德约束对方，之后再诉诸武力。而在东方，竟然还有一种"以德报怨"的反击方式，让挑衅者自惭形秽。当然了，先礼后兵与以德报怨都建立在对方尚有人性的基础之上，如果对方利欲熏心、丧心病狂，那也不用畏惧，只需做好拼死一战的准备即可。

即使我们不得不进行斗争，即使我们知道斗争会造成巨大的牺牲，我们也无须畏惧。因为危险不会因为畏惧而停止，相反，当我们笼罩在畏惧的乌云之下时，我们可以做两类事情。第一类是借此锻炼我们的性格，培养我们应对不幸的能力，从而让我们日后再遇到类似情形时可以保持冷静。第二类是从中吸取经验，然后用以改造社会。在所有资本主义国家里，由于受到竞争意识的影响，大多数人都对金钱有着狂热的兴趣，而这种狂热的极端是人们对金钱产生了畏惧，以致人人都成了守财奴，人人都害怕自己破产。想要防止这种畏惧，我们有上中下三策可以解决。上策是运用政治手段来处理全社会的贫穷问题，让破产不再成为不幸。中策则是运用精神胜利法，即告诉那些守财奴破产这种事不一定会发生在他们身上，与其担心概率很低的事情倒不如乐观地生活。下策则是采取斯多葛主义①，

---

① 斯多葛主义：源于古希腊的四大哲学学派之一的斯多葛学派的思想。——译者注

斯多葛主义认为人类的美德是"顺应自然"，放在守财奴身上便是告诉他们不用太过担心自己是否会破产，即使破产了也应该保持平静与坦然。总之，无论我们采取哪种计策，核心永远是勇敢地面对危险，如果能避开最好，不能避开的话也不用畏惧。

话说回来，虽然现如今的文明世界，越发少有那种可怕的不幸，我们完全可以使用下策或中策来战胜畏惧，但也应意识到，仍有诸多不幸唯有用政治手段才能得以缓解。这种意识非常重要，原因是现在社会上盛行一种"有困难要上，没有困难也要制造困难再上"的奇怪风气。比如，很多年轻人向往要死要活的爱情，对平静如水的爱情嗤之以鼻。在我看来这是天底下最荒唐的事情，这就好比一个人放着健康的身体不要，故意让自己被病魔侵蚀，并以此凸显自己的意志。可是，如果真的有人这么做了，日后一定会追悔莫及。

其实，我们无法强求每个人都能拥有强大的勇气、坚定的意志，那些畏惧生活、畏惧社会的心理是可以被理解的。人们常说英国人不愿轻易流露真情实感，就好像随时随地都穿着厚厚的铠甲，把内心的柔软隐藏在最深处。也正是因为这样，英国变得死气沉沉，刻板教条，消极被动。友谊的火苗在此处暗淡，爱情也在这里失去了温度。

　　我并不擅长分析心理，也没有做过系统研究，但我感觉这并非英国人内心的真实想法，他们活得就像诗人罗伯特·布朗宁[①]笔下的诗句：

> 亲爱的上帝创造了亲爱的你
>
> 亲爱的你又是双面的你
>
> 一面的你面对俗世
>
> 一面的你面对爱情

即英国人只在某些亲密的人面前展露真心，对外人，他们怀有畏惧，不敢表露心迹。然而，这种畏惧非但没有保护自己免受威胁，反而将自己囚禁于那看似保护自己的铠甲之中。外部的温柔之风吹不进来，内部的世界又枯萎凋零，这样的人际关系绝对不是健康的关系。究其原因，则是虚荣心在作祟。如果我们在与别人交往的时候，能少一点儿虚荣心，淡一点儿嫉妒心，那么我们便不用躲在僻静的角落默默舔舐自己的伤口，朋友会

---

① 　罗伯特·布朗宁：维多利亚时代诗人，诗歌主题主要分为两个方面：一是抒发生活之情；二是争取妇女解放，反对奴隶制。著有诗集《男男女女》《剧中人物》等。——译者注

过来温暖我们，帮助我们走出困境。那时，我们将无可畏惧。更重要的是，我们的思想不再僵化，智慧能够运作，勇气能够激发，于是我们不仅不再受到威胁，还有了改变命运的契机以及解决威胁的方法。

我认为，无畏不代表不受规则限制，无畏必须在某种特定的范围内才可以是自由的，但也需要指引。从社会层面来看，应该由法律来引导。我相信，未来社会中，将有完善的法律来保障公平分配，还将有和谐的法律来确保教育自由。在国与国之间，也将会有严谨的法律来阻止战争。对于科学技术的探索，人们也不再有丝毫顾虑，因为道德的准则会为其指引方向，且这些准则是科学的、实用的、可持续发展的。在未来的社会里，也不会出现悲观主义者，因为社会为所有人都提供了解决问题的条件与途径。在未来的社会里，教育让孩子一出生就接受自由的思想，抱有无与伦比的希望。

教育养成的习惯对人们的畏惧心理有着至关重要的影响。这就跟"初生牛犊不怕虎，但经过后天教育，牛犊却对老虎产生了畏惧"是一个道理。反之，畏惧心理在教育方面也有着积极作用，比如，一个从小不知道蛀虫可怕的孩子不会有刷牙的习惯，但当他开始畏惧牙齿蛀虫的时候，他不仅早晚刷牙，还会饭后漱口。在我看来，我们的教育应该充分利用这一点，以此让孩子养成积极的社会行为习惯。

不仅如此，我认为培养习惯应该成为早教的必修课程，因为越早养成习惯，越早受益。假如我们从小就养成了分享的习惯，那么我们必然在小时候就招人喜欢。但如果直到我们长大后才知道分享是一种美德，且不说错过了多少赞扬，习惯是否会改变都难以确定，毕竟江山易改，本性难移。

我还认为早期教育应该加入自由的元素，这里的自由指的是情感自由。情感自由有助于战胜畏惧，其原因有以下几点：其一，限制情感会让孩子麻木不仁，从而丧失活力。其二，教会孩子情感自由也就意味着教会了孩子排解、发泄情感的方法。也就是说，当一个孩子产生畏惧情绪的时候，如果他懂得情感自由，那么就不会把畏惧藏在心里，也不会让其发酵，而会向父母、老师、朋友倾诉，以此来缓解压力。其三，强加给情感的压力，终有一天会爆发；强加给情感的限制，也终有一天会被打破。因此我们不妨直接一点，在孩子小的时候就助他们一臂之力。

有意思的是，过去的教育理念会教孩子将畏惧融入心中。这其实是一种原罪说，认定孩子是注定犯错之人。为了防止孩子铸成大错，才教会孩子学会畏惧，从而让孩子在犯错的时候有所顾忌。关于这方面的典型例子，当属盖乌斯·屋大维·奥古斯都。奥古斯都曾在母亲的教导下学习拉丁文，又在一位男教师那里学习拉丁文。母亲的教导属于鼓励型教导，当奥古斯都学会一个单词的时候，会得到母亲的夸奖；而男教师却严厉苛刻，一旦奥古斯都犯了错，他就会高举戒尺，惩治奥古斯都。奥古斯都喜欢母亲的教学方式，并因此对拉丁文产生了兴趣。但在外人眼中，男教师的教学方式却更受欢迎，因为这样可以治疗孩子"不好的一面"。

对此我不敢苟同，若是把孩子比作盛开的花朵，把老师比作辛勤的园丁，那么园丁是应该把孩子修剪得循规蹈矩，好似批量生产的货物，还是应该让孩子自由地绽放，活出自己的灿烂呢？

孩子不是园林里被修剪得四四方方的灌木，不需要在挫折感中长大，更不需要一模一样的成长轨迹与成长目标。孩子需要的是足够宽广的土壤以及足够多的养料，让他们可以无所畏惧地成长。教育在孩子成长过程的作用，应该是为其遮挡风雨，而不是为其套上模具。

当然，如果教育的目的是让孩子成为服从命令的士兵，那么这样的教育应该充满畏惧。只是那些充满畏惧感的孩子，可能再也无法拥有宝贵的情感。

经济所有权的背后

使我们无法自由和高尚地活着的最主要原因是对财富的迷恋。

　　经济所有权与原生的军事所有权不同，它是一种衍生型权利，并且这种衍生型权利会随着判定范围的大小而有所不同。若是以国家为单位来判定，那么经济所有权便以法律为基准；若是扩展到世界范畴，那么法律便不再是唯一基准，而经济所有权更依托于战争——战争的胜利者决定了经济所有权的归属。换句话说，为了争夺经济所有权，一些好战分子才不遗余力地发动战争。然而，人们却总是刻意忽略这一点，这就导致人们在剖析诸如战争、掠夺、殖民等历史事件的因果关系时，过分看重经济对于战争结果的作用，却忽略了战争的起因往往就是为了经济。

　　实际上，我们可以把所有战争的初衷归结为谋取经济所有权。比方说殖民战争，即用武力决定谁才是某块土地的主人，谁才可以拥有丰富的矿藏。英波石油公司①便是最好的例子，它隶属于英国，却在开采伊朗马斯基德苏莱曼的一处大型油田的石油。该油田若是按照地理位置划分，其所有权应该隶属于伊朗。但是英国却勒令伊朗人不得在此开采石油。几十年来英国一直霸占着伊朗的油田，直到世界大战对英国造成了重创，英国才逐渐失去了对伊朗油田的控制，由美国取而代之。同样的例子还出现在津巴布韦，英国的殖民者为了掠夺当地的矿藏，不惜招募雇佣军，于1894年占领了整个津巴布韦地区。现如今，美国也准备效仿英国，向原本居住在油矿地区的印第安人发动战争，以掠夺资源。而法国与德国在洛林地区的战争，根本目的也不过是争夺洛林式铁矿床②的归属权。

　　在较为模糊的判定范围内，这种经济所有权的分析方法也可通用。比方说佃户之所以需要向地主缴纳佃租，地主又之所以能够随意买卖佃户的粮食，便是因为联系二者的土地归地主所有。那么地主是怎么得到土地所有权的呢？看似只有两种方

---

① 英波石油公司：又称英伊石油公司，于1908年伊朗马斯基德苏莱曼油田发现后成立，是首家在中东开采石油的公司，标志了英国在伊朗的石油霸权。——译者注

② 洛林式铁矿床：矿区分布面积达1100平方公里，自法国东北部的洛林地区延伸到卢森堡国境内。19世纪初期，法国与当时占领卢森堡的德国在洛林式铁矿床矿区的归属问题上摩擦不断。——译者注

式，其一是通过买卖，其二是通过继承。然而若我们溯本求源，不难发现土地所有权的源头是暴力。是的，从奴隶社会开始，土地便是权力的象征，需要武力来维护。除非取得胜利，否则领主们根本无法保证土地的归属。到了封建社会，统治阶级开始用法律代替武力，让土地所有权变得冠冕堂皇。而土地所有权的本质其实就是占有土地既有和产出的经济价值的权利，因此，地主才有对佃户收租的权利，以及买卖佃户粮食的权利。

同样的原理也适用于资本所有权。资本所有权让资本家拥有工厂既有经济价值以及产出的经济价值的权利。在资本主义世界里，国家本质上是为了保障资本所有权而存在。当然现如今在民间舆论的反抗下，国家对资本所有权的维护不再像奴隶社会与封建社会那样赤裸裸，甚至开始允许罢工。而罢工的出现，意味着资本所有权不再是资本家的专属，如今的工人也可以享受到资本所有权带来的好处。

信贷交易在经济所有权中属于比较抽象的部分，但其本质和土地所有权以及资本所有权并无不同，都需要在生产者创造价值后转给其他非直接生产工作者的过程中受到力量的庇护。就私人放债以及信贷公司而言，他们的经济所有权可以通过法律保障，但是国与国之间的借贷、追缴，就需要军事力量来维护。因为那些所谓的契约，完全可以因为战争结果而变成一纸空文。比如，第一次世界大战，一些战胜国宣布之前签订的欠款作废，而战败国对此只能忍气吞声。

换句话说，个体的经济所有权由政府出台的规则、政府的信誉度来维护；而政府的经济所有权则是大多靠其军事力量，小部分依靠国际条约以及外交关系来维护。

在与政府的关系方面，经济所有权一直秉承互惠互利的原则。也就是说，当某些团体集合起军事力量的时候，他们便可以此建立自己的统治机构，从而获得经济所有权。事实上，无论何时何地何种武装力量的集结，根本目的都是捍卫经济所有权。1849年，大量淘金者涌向美国加利福尼亚，希望在河流中找到黄金。然而，找到黄金并不意味着拥有了黄金的经济所有权，因为淘金者有可能在找到黄金后遭遇抢劫或谋杀。所以他们只有把黄金存到银行，才能彻底安心。可若是银行也不安全、不公正呢？如果当时没有政府来保证银行正常运转，加利福尼亚仍然保持着蛮荒状态，那么找到黄金又有什么用呢？在蛮荒状态下，武力是唯一的保证，谁的枪法准、谁的枪法快，谁就是资本的拥有者。

幸好在加利福尼亚淘金的人来自文明世界，他们很快建立了一个个诸如"治安委员会"的管理机构，以此来惩治抢劫与谋杀。当然，这些"治安委员会"需要索取一定的报酬来维持机构运行，也就是税收。同时，所谓"治安委员会"都是面向自己人的，对于外人，比如印第安土著，他们依然是暴戾凶残的掠夺者。

历史总是惊人的相似，在其他时代、其他国家，尤其是在诸如大航海时代这样探索未知大陆的过程中，也有类似维护经济所有权的机构与过程。不过，在大航海时代，经济所有权更像是某种征服。探险者用武力驱赶当地土著，然后占据土地、农作物、矿产资源等经济所有权。而在世界大战期间，经济所有权的表现形式更为赤裸裸，强大的民族通过暴力侵略直接取得弱小民族的经济所有权，或者干脆把弱小民族的领地作为自己的后花园。我这里指的便是门罗宣言[①]。另外，1919年签署的《凡尔赛和约》[②]也具有足够的说服力。

---

① 门罗宣言：美国总统詹姆斯·门罗于1823年提出门罗宣言，后被称之为门罗主义。门罗宣言表面上反对欧洲列强在美洲扩张势力和建立新殖民地的野心，客观上支持了拉丁美洲各国的独立，但同时也是美国企图在美洲地区建立统治并与欧洲列强争霸的宣言和工具。在其掩护下，美国发动了侵略墨西哥的战争，掠夺了墨西哥一半以上的领土。——译者注

② 《凡尔赛和约》：又称《凡尔赛条约》，是第一次世界大战后，战胜国（协约国）对战败国（同盟国）签订的和约，其间，中国代表因对欧洲列强处理青岛问题时无视中国利益、偏袒日本而拒绝签字，这一事件进而引发了五四运动。——译者注

虽然在文明国家的成熟经济体制里，经济所有权的合法性烦冗且杂乱，比如教会的经济所有权受教会传统自制；工会运动后工人也有了部分资本的经济所有权；妻子与子女的财产继承分配占比按照社会伦理划分等，但无论经济所有制如何变化，都离不开军事力量的保障。

每个国家都会为个体经济所有权制定与之相关的法律，并且这些法律会像刑法、宪法那样得到民意的认可方能执行。也就是说，事关经济的法律都是为民意而服务的，比如，民意谴责偷窃与抢劫，经济法便要约束偷窃与抢劫这种侵害他人财产的行为。所以个体的经济所有权与民意息息相关。当经济行为符合大众的道德标准时，个体得到的财产便会得到社会的肯定，同时也会得到法律的保护。反之，若不符合大众的道德标准，那么这种财产便岌岌可危。

不过，法律始终代表的是统治阶级的意志，因此虽然一国之内的经济所有权起源于法律与民意，看似可以得到公平与自由的对待。其实还是有所侧重，比如，在中世纪的欧洲，教皇实力强盛，他们便可按照私欲操纵银行家为自己谋利。如今，政客们亦是如此，利用财政危机等方式赚取个人钱财。糟糕的是，平民完全无力反抗政客的这些行为。比如，在古罗马，元老院以及罗马贵族最开始是支持盖乌斯·尤利乌斯·恺撒①的，因为恺撒在高卢②发动的战争能帮他们赚取丰厚的利益，然而在恺撒彻底征服高卢之后，元老院以及罗马贵族又因忌惮恺撒而发布通缉令，但为时已晚，恺撒最终成为罗马的独裁官。查理五世③也是如此，其在即位前曾向富格尔家族④借款四百万杜加⑤，然后通过贿赂的方式当选神圣罗马帝国皇帝。但当上皇帝之后，查理五世却背信弃义，没有偿还一分钱。

其实在所谓的民主国家里，依然有着类似的情形，只不过统治阶级由独裁者、国王换成了资产阶级。资产阶级从不在乎工人的利益，他们总是千方百计地维护自己的经济所有权，尤其是在英国，虽然如今那里的资产阶级可以容纳工会，但他们

---

① 盖乌斯·尤利乌斯·恺撒（前100—前44年）：罗马共和国末期军事统帅、政治家。曾与元老院及执政官庞贝内战并取得了胜利，成为罗马的独裁官，后遭布鲁图领导的元老院成员暗杀。——译者注

② 高卢：古罗马人把位于西欧的法国、比利时、意大利北部、荷兰南部、瑞士西部和德国南部莱茵河西岸一带统称为高卢。——译者注

③ 查理五世（1500—1558）：神圣罗马帝国皇帝、尼德兰君主、德意志国王、西班牙哈布斯堡王朝首位国王。统治期间曾出资帮助麦哲伦进行环球航行，并使西班牙成为当时的"海上霸主"，最鼎盛时期的统治领域包括西班牙、奥地利、名义上的神圣罗马帝国以及非洲的突尼斯、奥兰等，其帝国被称为"日不落帝国"。——译者注

④ 富格尔家族：15世纪后半期直到16世纪控制欧洲货币市场的家族。曾于1519年操纵选举，确保查理五世当选神圣罗马帝国皇帝。——译者注

⑤ 杜加：杜加特金币，自13世纪中期金币发行复兴后流行于地中海地区的重要贸易货币。——译者注

绝对不允许社会主义者掌握统治权力。一旦有些许苗头，便不惜通过诽谤、诋毁来搞垮他们。如果诽谤、诋毁做不到的话，资产阶级更是做好了随时与社会主义者开战的准备。我们可以这样理解，资产阶级在处理个体经济所有权的细节方面不甚在意，但在社会制度、民意方向、法律治理等方面，却有着坚定的自我理念。

然而，工会的理念却与资产阶级的理念南辕北辙，也正是因为如此，工会可以实现对有色人种的工作尊重，也能保障工人的劳动权益，但是工会在资产阶级统治的社会里永远不可能实现社会主义，除非其可以撼动资产阶级的统治地位。

然而，无论在哪种制度下的社会里，任何涉及经济所有权的组织都会受到民意的影响，而资产阶级的民意其实就是追逐利益者的呼声，不会因为非利益的因素而改变。所有这些组织想要有所作为，简直难于登天。

在封建社会，经济所有权主要在于是否拥有土地，一旦拥有了土地，也就意味着拥有了权力，这同时也是地主在佃户面前耀武扬威的倚仗。甚至可以这么说，正是因为拥有了土地，地主便有了佃户的生杀大权，若是不满意，地主随时可以夺取佃户的全部，并且法律也予以支持。然而现如今，经济所有权却不仅局限在土地方面，信贷方面越发受到重视。现如今土地所有者以土地为抵押从银行借款的情形非常普遍，在一些经济学专家眼中甚至是技术革新的产物，可事实并非如此，在一些经济并不发达的地区，信贷有可能会毁了社会秩序，比如，在印度，那些还不上欠款的人可能会选择谋杀债主，从而让自己免于支付利息。或者他们会设法偷取借条，烧毁相关文件，妄图以此逃脱债务，而不必转让土地。

然而，在资本主义世界，债户通常是银行，并不是某一位个体。银行对于资本家非常重要，既是他们的财产保障，又是他们的周转金来源，因此在资本主义世界里，民意便是保护银行，所以社会就不得不制定相关法律。

现代的大型公司并不需要结合经济所有权与决策话语权。在这方面，伯利与米恩斯于1932年发表的《现代公司与私有财产》已经有了权威性的描述。他们断言：决策话语权是分散的，但经济所有权却是聚拢的。为此他们做了一番极其严谨、完整的调查研究，最终发现，美国一半的工业集中在不足两千人的资产阶级统治下，而这两千名资产阶级本质上与封建社会的地主没有什么分别。

这种集中有很多显而易见的问题。比如，美国的铁路公司

虽然有数量繁多的普通股东，但是他们对于铁路的规划没有任
何发言权，更别说什么决策权了。虽然该股东可以在决策会议
上畅所欲言，但铁路的经济所有权是掌握在极少数真正的决策
者手里，这些人不会去听普通股东的声音，他们只会考虑哪些
决策符合自己的利益，哪些决策不符合自己的利益。放眼整个
资本主义社会，其实与铁路公司类似，大部分经济所有权都归
属于某个小集团，这些小集团有时由私人资本家组成，比方说
美国、法国与英国，有些则由政客组成，比方说德国、意大利
和苏联。事实上，政客集中掌握社会上大部分经济所有权的情
况在资本主义世界里很正常。不仅如此，他们还掌握了大部分
的政治决策权。于是，政客就有了垄断的契机，形成了诸如托
拉斯①这样的组织。

　　另外，经济所有权可以影响军事力量以及民意方向。关于
这方面的例子简直数不胜数，像古代希腊的各个沿海城市，中
世纪的意大利，如今的荷兰与英国，都是依靠商业提升了国力，
也因此成为时代的霸主。还有一些国家或城市通过商业专利获

---

① 托拉斯：英文trust的音译，垄断组织的高级形式之一，由许多生产同类或相关商品
的企业合并组成，旨在垄断销售市场、争夺原料产地和投资范围，加强竞争力量，以获取
高额垄断利润。由托拉斯董事会统一经营生产、销售和财务活动，原企业主成为股东，按
股份取得红利。——译者注

取了巨额财富，并以此招募雇佣兵，对其他国家进行军事打击。只是这些靠经济而提升的军事力量面临着忠诚度的问题。就拿雇佣兵来说，由于他们信奉"谁的钱多听谁的"这种理念，因此这种军事力量时常会临阵倒戈。

反之，军事力量以及民意方向也可以影响经济所有权。比如，亚历山大帝国并不比波斯帝国富裕，但是亚历山大帝国通过占领波斯帝国的方式掠夺了大量的财富。罗马也不比迦太基阔绰，可罗马同样也在战胜迦太基后受益匪浅。阿拉伯帝国在发动与拜占庭帝国的系列战之前，要比拜占庭帝国穷得多，但在取得胜利之后，阿拉伯帝国迅速崛起。所有这些例子，都在证明通过军事力量完全可以取得经济所有权。

值得注意的是，现如今的商业有了天翻地覆的变化。交通工具的日新月异导致商业越来越不受地理因素的制约，帝国主义也导致对外贸易不再是国家的主要经济侧重点，国与国之间的经济所有权变成了粮食存储量以及可开发资源总量。而那些可开发资源又都可以用于储备军事力量，所以经济所有权与军事力量早已纠缠在一起，密不可分。以粮食为例，一个国家缺少粮食也就意味着该国的军队只能饿着肚子作战，而一个缺少军队的国家则一定无法保证自己的粮食不被掠夺。石油这种现代社会最重要的资源亦是如此，没有石油的国家军事力量一定弱小，军事力量弱小的国家也一定保护不了自己的石油资源。

如今，经济所有权和军事力量迎来了前所未有的亲密时刻。越来越多的国家用经济筹备自己的军事力量，同时也有越来越多的国家运用军事力量提升自己的经济实力。拿欧洲战争来说，德国人之所以要打垮罗马尼亚与乌克兰，就是为了掠夺罗马尼亚的石油以及乌克兰的粮食。

但是，现在毕竟是文明社会，每个国家都不可能赤裸裸地表达自己发动战争的真实目的，都需要用某种冠冕堂皇的借口来掩盖。于是在现代战争中，发动国的统治阶级总是利用各种洗脑让该国人民相信国家是正义的，战争是必须的，每个人都应该做好牺牲的准备。有趣的是，洗脑会产生一种额外的效果，那就是让其与经济所有权和军事力量拧成一股绳，相互作用、相互推进。

关于这一点，卡尔·马克思提出了著名的观点，即阶级斗争由资本主义引起，并将最终替代所有冲突。马克思之所以有这样的观点，在于他认为资本家和地主最大限度地利用了权力，攫取了一切经济所有权，想尽一切办法剥削无产阶级。而这一切终将让无产阶级忍无可忍，最后奋起反抗。当所有无产者联合起来的时候，他们的力量将强大到足以碾碎所有地主及资本家。而在那时，无产阶级会把诸如土地所有权和资本所有权等经济所有权按照合理的分配制度分配给大家。

我不敢断定这种观点是否正确，但我有个疑问，就是无产阶级该如何反抗地主和资本家？目前，资本主义社会已经出现了工会与罢工，而那些大快人心的罢工也的确为工人争取到了部分利益，但还远远不够。

还有，若是资本家摆出一副慈善的嘴脸，对工人小施恩惠，那么工人还会坚定不移地成为革命者吗？要知道在美国，大部分的技术工人都是保守派。

更重要的是，无产阶级受压迫太久了。他们甚至早已习惯被地主和资产阶级呼来喝去。那么他们真的拥有社会决策权时，会用好这份权力吗？不会在权力中迷失吗？

因此，阶级斗争是一项任重道远的事情，需要无数无产者忘我奋斗，敢于牺牲，才有可能胜利。

诚然，自1936年开始的西班牙内战[①]，由于是西班牙意识

---

① 西班牙内战：是1936年至1939年间发生于西班牙第二共和国的一场内战，被认为是第二次世界大战的前奏。由西班牙总统曼努埃尔·阿扎尼亚的共和政府军与西班牙人民阵线左翼联盟对抗以弗朗西斯科·佛朗哥为中心的西班牙国民军和长枪党等右翼集团。其中左翼联盟由苏联、墨西哥和国际纵队援助，而右翼集团则由纳粹德国、意大利王国和葡萄牙支持。——译者注

形态的冲突和轴心国集团与共产主义的代理战争，因此被一些
人视为阶级斗争作用于民族主义的结果。不过在我看来，德国
和意大利支持弗朗西斯科·佛朗哥①与英国和法国反对弗朗西斯
科·佛朗哥都不过是出于利益的考量。

　　我们暂且不提阶级斗争，那么国家该如何运用军事力量保
障经济所有权？

　　我认为军事力量要做到以下几点：其一，是否拥有守护疆
土的力量；其二，是否拥有震慑他国的能力；其三，是否具备
收获资源、粮食以及高新科技的力量；其四，是否具有提供军
需补给、军需物资的能力。在这四点当中，有些已经是军事力
量与经济所有权的混合，比方说日本提出了"以战养战"的方
针，英国和法国在地中海东部沿海地区也采取了类似的做法。

　　不过，有一点仍需要注意，虽然人们常说战争就是比拼经
济实力，但若一概而论，认为经济实力强的一方必然胜利，也
未免有些想当然。因为历史上从来都不缺少以弱胜强的战争。

　　最后，让我们回归到个体，来聊一聊个体的经济所有权。
在文明社会，个体的经济所有权受法律所保护。比如，法律保

----

① 弗朗西斯科·佛朗哥（1892—1975）：西班牙国家元首、民族主义军队首脑、长枪党
党魁，独裁统治西班牙长达30多年。——译者注

护发明者的专利权、文学家的版权等。其实，不仅有法律，工
会、协会这样的组织也会制定行业准则来保护个体的经济所有
权。同时，这些组织也会引导国家制定或修改法律，从而使法
律更加符合时代、顺应民意。

愿世界和平里没有原子弹

世界和平亟须健全的国际合作和牺牲精神，而不能由迁就示弱来获得。

当第一颗原子弹引爆后，硕大的蘑菇云让人类陷入了思考：人类是否提前走到了末路？这不是危言耸听，核武器的威力超出一般想象。它不像冷兵器那样小打小闹，比起火器高了不知道多少个量级——火器主导的战争最多炸掉几个山头、几条河流，而原子弹则是直接毁灭地球。

可以说，拥有原子弹，便拥有了召唤恶魔的能力。幸运的是，如今只有美国及其同盟国拥有这种能力，但我相信在未来几年内，其他大国如苏联，会迅速制造出核武器。

我还相信，核武器必将比美国投放在日本的那两颗更具有破坏力。我担忧核武器一旦失控，整个世界将会瞬间化作地狱。那时，地球上的所有生物恐怕都将灰飞烟灭。

在那种情况下，我认为只有建立国际政府，统一军事力量，才有可能阻止这种毁灭。我说的这种国际政府，不是之前那种明哲保身的国家联盟，更不是如今毫无话语权的联合国，而是真正可以处理国际问题、维护世界和平的捍卫者。这个捍卫者必须拥有强大到没有任何一个国家可与之匹敌的军事力量，而这些军事力量必须掌握在国际主义者手中，而不能被某一国所控制。

从理论上讲，或许还有一种方法可保证世界不起争端，那就是共享科学研究成果。如今的美国一家独大，可以在地中海地区指手画脚，其底气就是高新科技。

如果放任美国在科学方面一骑绝尘，那么纵使世界保持着微妙的平衡，也会不自觉地向美国倾斜。我甚至担心国际政府会成为美国霸权的傀儡。但现在苏联正在拼命追赶，想必只需短短几年，便可与美国平分秋色。到时候苏美相互制约，国际政府的建立反倒有了更大可能。彼时若其他美洲国家、欧洲国家、亚洲国家一一加入，未尝不可实现国际间的自由与平等。

其实不用我明说，大家都心知肚明，如果芬兰进攻美国，那么联合国必可从中斡旋，但如果美国进攻芬兰，那么联合国便不会发挥多大的作用。事实上，目前的联合国并不具备阻止强国发动侵略战争的能力，其唯一能做的不过是从道义上予以谴责而已。

那么，如果我们想要把联合国建设成前面所说的世界和平的捍卫者，至少需要改革三件事。

其一，废除强国的一票否决权。采取公平的投票制作为解决争端的唯一途径。

其二，各国都为联合国提供军事力量，直到该力量可以凌驾于任何一个国家的军事力量之上为止。

其三，联合国的军事力量需要消除国家观念以及私欲观念。

只有三者都做到，那么联合国才能真正发挥作用，达到维护世界和平的预期。

可惜你我都知道，我所说的这三件事过于理想，忽略了私欲的强大以及人性中投机的成分。那些政客、外交家、巨商、寡头，历来都是在混乱中发家致富，他们不希望世界和平，势必进行诸多阻挠。

更重要的是，政治原本就是钩心斗角，如果交给埋头钻研学问的科学家管理政府，肯定会引起骚乱。而原本醉心于求知的科学家，也有可能因遭到权力的侵蚀而忘记初衷。因此，构建国际政府绝不可以一蹴而就，应该稳扎稳打、逐一解决问题。

目前，世界虽然划分了第一世界、第二世界、第三世界，但话语权掌握在美苏两国手里，其他诸如英、法等传统列强，因为内耗、战损等原因，早已落后。他们需要赢得喘息的机会，所以在近一段时间内，肯定会安分守己，闷声研究核武器，不参与其他争端。如此看来，建立国际政府最大的阻碍，无非是来自美苏。

如今，美国的和平组织正在奔走相告核武器的可怕。对此我表示赞同，虽然美国在日本投下的两颗原子弹提前结束了战争，但是这两颗原子弹带来的破坏也绝非一般战争可比。以此类推，如果将来每个国家都拥有了核武器，动辄轰炸对手的领土，那将是何等凄惨。

所以我强烈建议将原子弹这个"魔鬼"封印，不能只通过口头约定，一定要有书面的不战之约，并且让全世界见证。

世界和平亟须健全的国际合作和牺牲精神，而不能由迁就示弱来获得。总之，这是全人类都需要面对的问题。不可能只经由某些人或部分国家便可促成。人人都应该尽力。否则，人类有朝一日必将遭受原子弹的反噬。

我们想象中的美好世界

想要彻底地克服恐惧，改变落魄的生活，就必须怀有一颗敢于割舍的心，割舍一切对生活有害的恶果。

不论男人还是女人，都容易掉进名为"消极"的深渊，这个深渊里充满了令人恐惧的哀号，也能洒进希望的光芒。深渊里的人只想着稳住自己现有的位置，不下坠便已沾沾自喜。他们没有意识到，自己完全可以往上爬，彻底摆脱这个深渊。

是的，我们为什么要生活在深渊里？我们完全可以闯出一片天地，创造更加美好的生活。

世间有数不清的人，自然也有数不清的生活，有些生活是狭隘的，只有自己一个人，有些生活则不仅对自己负责，也对朋友负责，更对世界负责。有了负责的意识，我们就有了怀有希望的底气，同时也有了享有幸福快乐生活的契机，通过努力把渴望变为现实，那更是美好的事情。实际上，人们渴望拥有美好的生活，渴望拥有纯粹的情谊，很多人在真诚地付出，没有刻意地追求回报，但由于大家都在无私地贡献自己的爱，所以付出总会有回报。人们还渴望拥有美好的工作，美好的工作不存在不正当竞争，每个人都在努力，没有人滥竽充数。人们更渴望拥有健康稳定的政治环境，这种政治不是说得冠冕堂皇，做得却肮脏下作，更不是沦为政治家玩弄的手段。这种政治以建设美好家园为目标，让人与人之间充满爱与温暖，而非贪婪与残酷，更让每个人都可以放心大胆地追逐自己的梦想。

　　总体来说，人们渴望的美好生活殊途同归，都是创造欲大于占有欲的生活。而这种生活最大的特点就是将精神需求摆在第一位，即只要满足了精神生活，那么生活便拥有了坚不可摧的幸福。为什么这么说呢？因为这种幸福来自精神生活的满足，不受物质生活的影响，即使物质生活贫乏，也依然幸福。也正是因为这种幸福无比强大，可以帮助人走出困境，所以放眼全世界，它的拥趸数以千万计，许多国家的圣人贤者甚至为这种幸福著书立说，希望号召更多的人接受并以这种幸福作为生活的终极目标。对于那些已经找到这种幸福的人来说，他们无所畏惧，生活里任何艰难险阻都不会左右他们的情绪、支配他们的意识。更重要的是，这些人拥有无可匹敌的勇气，敢于迎难而上，敢于开拓进取，他们的世界观里没有"困难"二字，只有"努力"与"胜利"。如果所有人都成为这样的人，那么我们的世界或许就不再需要政治改革以及经济改革了。因为在那时，人们的个人道德与修养已经完成了改造，所有人的私欲消失殆尽，人们饱含旺盛的创造欲，并用实际行动将创造欲通过工作、创造以及建设的方式转化成现实生活。

自公元元年至今近两千年的时间里，全世界都已经接受了用宗教的方式影响人们的思维。不过对于不信仰宗教的人来说，他们无法理解宗教赋予的狂热感，也不了解受宗教影响的思想，更不了解狂热的宗教分子在传经布道中得到的精神愉悦。狂热的宗教分子把信仰作为动力，因憧憬而踌躇满志，从勇气方面来说，这是优于一般人的长处。诚然，无信仰者时常被恐惧左右。他们只能靠自我暗示抑或是自我鼓舞来面对恐惧，但往往收效甚微，最终还是败给了恐惧。想要彻底地克服恐惧，改善落魄的生活，就必须怀有一颗敢于割舍的心，割舍一切对生活有害的恶果。

我们可以将恶果分为三类：第一类恶果来自人体的生理机能，比方说疼痛感、暴虐感、求死欲以及各种与摧毁相关的欲望，我们姑且称其为生理恶果。第二类恶果来自当事人的性格缺陷或者不良习性，比方说堕落、颓废、放纵等，我们可以称其为性格恶果。第三类恶果则来自强权。众所周知，强权的本质是为某个人或者某个团体谋取私利，如独裁、干涉自由、洗脑控制以及帝国主义在殖民地施行的覆盖式基础教育，诸如此类的做法都可以称之为权力恶果。而这三种恶果映射于社会，便是衡量某种社会制度优劣与否的重要标准。

　　我们很难精准地划分哪些是生理恶果，哪些是性格恶果，哪些又是权力恶果，因为生理恶果的成因有可能是性格恶果，而权力恶果同样也会引发生理恶果。就拿统治者来说，如果统治者被权力影响了心志，改变了品格，那么他们在性格恶果的作用下，会源源不断地产生权力恶果，同时，统治者的权力恶果还会引发被统治者的生理恶果，并且愈演愈烈。长此以往，三种恶果相互影响，相互纠缠，成了一种剪不断、理还乱的麻烦。但如果我们以影响对象作为依据来分类的话，便可以为纠缠在一起的恶果划分界限，将其分为物质世界的恶果、精神世界的恶果以及社会制度的恶果这三种类型。

　　恶果听起来可怕，却也不是无坚不摧，我们可以用对应的武器将其一一击破。

　　针对生理恶果，我们可以运用科学武器来战胜它。从生理恶果的定义来讲，这种恶果有一定的极限，比方说死亡就是生理恶果的终点。人类虽然做不到长生不死，但日益发达的科学为人类延长寿命提供了可能。实际上，如今人类的平均寿命较之于百年前已经有了巨大的延长，这便是对于死亡这枚生理恶果的抑制。同理，我们无法彻底地消除疼痛，但那些可爱的医护人员为提高人们的健康水平做出了巨大贡献，在他们的努力下，我们可以最大限度地减轻肉体的痛苦。此外，我们既可以用建设来抵御摧毁，也可以将摧毁引导至正确的道路上，比方说我们摧毁拦路山、挡路河，然后再进行建设，这样也会让生理恶果绽放出名为"美好"的花朵。

针对性格恶果，我们可以通过教育和引导来战胜它，现如今的基础教育里早已将性格的培养作为重点对象。学校、老师、父母都会教授孩子如何正确地发泄负面情绪，帮助孩子养成良好习惯，并引导其性格发展。

至于权力恶果，则可以通过改革社会制度、重建经济制度，以及减少政治干预等举措来加以限制。其实，相对生理恶果与性格恶果，我们首先应该解决的是权力恶果，在这方面，社会主义制度与无政府主义制度为我们开了个好头，这两种社会制度的本质就是致力于解决权力恶果。

社会主义者与无政府主义者在贫富差距的问题上持有相同的态度，都认为问题出现在主导财富的权力上面，当权力作恶时，贫富差距就变得异常巨大。著名的工党理论家乔治·D. H.柯尔①曾对此提出过振聋发聩的疑问：

> 敢问普天之下的每一个人，有谁能够告诉我资本主义社会里的恶到底是什么？或者我该这么问：我们反抗资本主义社会，到底为了什么？

很多反抗者是这样回答柯尔的，资本主义社会剥夺了本应属于大众的财富，这些财富集中在当权者阶层，长此以往，贫富差距才越来越大，社会也就出现了越来越多的问题。比方说，无产者为了房租拼命工作，结果他们赚到的工资还不够偿还欠款的利息。于是无产者不得不终身为资产者打工。或许有朝一日资产者大发善心，妄图用虚伪的慈善来缩小贫富差距，但这终究是竹篮打水，无产者只有奋起反抗，才能改变一切。

---

① 　乔治·D.H.柯尔（1889—1959）：英国历史学家、经济学家、社会学家、改良主义者。费边社领导人之一、基尔特社会主义运动创始人之一。基尔特社会主义否认社会主义国家政权的必要性，提倡所谓的"工业民主"和"劳资调和"，反对马克思主义关于阶级斗争的理论。——译者注

　　这种回答曾在漫长的一段时间内得到了所有社会主义者的认同。不过，随着历史车轮的滚动，社会的进步，智者的出现，越来越多的人意识到这种回答其实是错误的。

　　反抗贫穷的现状只是治标，反抗压迫制度才是治本。要知道贫富差距的背后，其实是特权阶级利用资源优势压榨奴役无产阶级。事实上，资本主义制度虽然是目前接受范围最广的社会制度，但其本质与古代的奴隶制度没有显著区别，都是通过剥削让上层阶级受益。可惜，很多社会主义者却没有意识到这一点，他们依然关注无产者的贫穷表象，没有发现剥削才是导致无产者贫穷的原因。

　　在我看来，但凡有丝毫的理性，就不会质疑在资本主义社会里，权力就是一种恶，而这种恶结出的果永远不可能被消灭，除非更改社会制度。我们不妨设想一下，那些因资本主义而生的职业，比如放贷、租赁等业务，在没有剥削的社会制度下还会存在吗？如果我们中的绝大部分人，不去拜金，不去积累财富，而薪水也足以维持生活，那么剥削也就不复存在，生活也将变得无比美好。可惜这只能是如果，在现实生活中，几乎所有人都在为少得可怜的工资而忙得焦头烂额，连基本的休息时间都得不到保障，更不用说享受工作以外的时间了。就算熬到了退休年龄，可以通过每月领一笔养老金来维持生活，大家也依然充满了焦虑，因为过去的生活中只有工作，早就忘记了怎么应对闲暇。此时就算为这些退休者提供培养爱好的机会，他们不但不会认为这有助于陶冶自己的情操，反倒习惯性地将其作为某种考核标准，从而让自己的退休生活变得跟工作时一样忙碌。

为什么大家不能彻底地放松自己呢？归根结底，还是因为大家害怕贫穷。资产者害怕自己的资产不足以应对所有问题，比方说孩子的上学问题、父母的医疗问题等；无产者则是害怕自己朝不保夕，若是没了工作，可能就要饿肚子，所以才不得不拼命工作，直到老死。

但奇怪的是，辛勤工作的人们任劳任怨，就算是委屈到咬碎了牙，也只会往自己的肚子里咽，却从不敢挑战工作本身。也就是说，几乎所有人都是工作的奴隶，即使这份工作充满了危险，会威胁工作者的身体健康，但为了赚取工资，他们依然会强打精神来完成工作。

其实，我们本不必这样。绝大部分的恶果，不管是生理恶果还是性格恶果抑或是权力恶果，我们都不必强迫自己去承受。对于生理恶果，只要我们让自己明白哪些事情可以放纵，哪些需要克制，便可以消除大部分生理恶果；对于性格恶果，我们可以通过建设和完善自身来挽回，如此便可消除大部分性格恶果；而当大部分生理恶果与性格恶果被消除的时候，我们便有了挑战权力恶果的基础，比方说我们可以创造出更为先进的社会制度，以此来消灭剥削，实现全面自由。

那么，若是将实现全面自由作为最终目的，并以此来反推与之相适宜的社会制度，什么样的制度最适宜人类社会呢？也就是说，我们应该把社会的发展调整到哪个方向，才能最终实现全面自由呢？

在我看来，若是只考虑自由，将其他目标排除在外，那么俄国理论家彼得·克鲁泡特金①提出的无政府主义完全可以满足人们的需求。若是为这种无政府主义再配备上基尔特社会主义，那么可行度将会更高。

现有的社会制度为16岁以下的学生提供义务教育，但无政府主义与基尔特社会主义认为义务教育不应局限在16岁。应该由学生自主选择，若是他们放弃学业也就作罢，若是他们想要

---

① 彼得·克鲁泡特金（1842—1921）：俄国地理学家、无政府主义运动理论家和精神领袖。曾因主张废除一切形式的政府和从事反沙皇活动而被捕，越狱后长期旅居瑞士、法国、英国。十月革命前夕回国，致力于伦理史写作。——译者注

继续学习，就为他们继续提供免费教育，直到他们年满 21 岁。在学生接受完教育之后，社会也不用强迫他们工作，对于那些不想工作的人，允许他们做出任何选择，只需为他们提供最低生活保障金即可。不过，社会也不能太过自由，为了避免出现太多懒散之人，还需要通过道德、舆论等监督手段促使大众积极生活。总之，社会制度的目标应该把多数人的幸福放在首位，应该让多数人接受工作，而不是排斥工作。如果某个社会制度导致工作成为所有人的梦魇，那么这个社会制度必然是失败的。反观目前的社会制度却没有这方面的顾虑，那些年收入几百英镑的穷人，大多都会再找一份工作，从而让自己的生活变得好一点儿。从某种意义上讲，这倒也是资本主义制度的优秀之处。

我相信，随着科学技术的日新月异，以及全球劳动力市场的互通，终将有一日可以在保证生产总量的情况下实现每人每天四个小时的工作制。其实，早就有成功的企业家公开宣称自己的工人通过先进的生产流水线提高了 25% 的工作效率。那么在不远的将来，我相信工作效率将会有更大的提高。而真正到了那一天，人们一定可以在自己的主业工作之余再兼职其他副业。而这些副业不一定像主业那样长久且固定，它们是自由的，可以随着淡季旺季而变化。副业自由有一个显而易见的好处，那便是让工人不再受制于资本家。换句话说，副业自由让工人有了和资本家平起平坐的资本，同时也让工会有了存在的意义。现如今许多工会名义上为工人谋福利，实际上却是个摆设，真的与资本家起冲突的时候，便缩手缩脚，发挥不了任何作用，其原因就是工人和资本家没有实现真正的平等。

当工会真正发挥其存在的意义之后，工资也会得到进一步的保障。当然，现如今许多待遇优越的工作也实现了这种保障，即当一个人请病假或请事假的时候，他不仅不用担心因此丢掉饭碗，并且依然可以得到全部或者部分工资。而工会的效用则更为强大，若是有无良企业因为病假或者事假而刁难某个员工，他不用烦恼，工会可以为他主持公道。更有甚者，工会能够影响工资水平。如果某个企业里某项工作的薪酬低于平均水平，那么工会便会发挥作用，主动要求该企业提高薪资。

不过，无论怎样改善工作环境、工作待遇，有些工作仍会让人抵触。想要为这样的工作岗位招聘员工，应该采取提高待遇或缩短工时的做法，以此来提高吸引力，从而让更多的人来从事这类工作。但若是像奴隶社会那样，采取暴力逼迫或是巧取豪夺的方式来招工，那必将引发世人的不满，严重的甚至会引发社会动荡。

　　在我们想象的世界里，可以存在货币这种资产标识或者其他资产标识，毕竟连崇尚平均分配制度的无政府主义也不能彻底抛弃价值的交换标准。究其缘由，在于不论哪种社会制度，都不可能让交换消失。以无政府主义举例，假使每人都分配到了同样的物品，但男士却对分配给他的口红不感兴趣，而女士也不会喜欢分配给她的剃须刀，但口红对女士构成了吸引力，反之男士也想要女士手里的剃须刀，于是他们便进行了交换。而在交换时我们就应该确定一点，即多少只口红可以交换到一支剃须刀，也就是首先确定阶段时间内各种交换物品的价值，然后才能保障等价交换的可能。那么该如何确定价值呢？答案就是货币。不过，货币社会有一个弊端：有些人不喜欢使用货币，而是喜欢积攒货币，积攒的多了，他们就成了资本家。为了防止过度积累，我们就要想方设法刺激货币使用，比方说降价、促销抑或是免税。

　　话说回来，民众对无政府主义崇尚的平均分配制度一直有着多种看法，其中一些人认为不应该采取绝对平均的原则，而是应该采取按需分配的原则。不过我认为以目前的生产力来讲，社会还做不到所有产品都按需分配，而这又引发了另外一个有趣的问题，即我们生产的物品，哪些优先级高，哪些优先级低。

如果所有生产的物品不考虑优先级的话，那么我们完全可以按需分配，只不过有个前提，即保证生产量可以满足所有的需要。然而我们现阶段还做不到这一点，因此无政府主义才没有实现的可能。

现阶段我们虽然做不到按需分配，却可以做到按劳分配。我认为即使是在家从事家务劳动的妇女，都应该得到与其劳动量相匹配的报酬。因为这样做可以从根本上解决女性经济独立性的问题。如今的社会对女性的要求实在是太多了，既要求她们养育孩子，又要求她们照顾家庭，还需要她们外出工作。因此想要减轻女性的负担，我们必然要保障她们的经济收入。

若是孩子也能每月得到一笔生存保障金，并且彻底地享受免费教育，那将会为家长减轻一大笔负担。事实上在某些实行社会主义制度的地区，已经开始了如此的做法。而这种做法的好处就是最大限度地降低了孩子之间的竞争。他们不用过分追求成绩，也不用想方设法地争取奖学金名额。更重要的是，那些每月都可以领到生存保障金的孩子相比其他地区的孩子显得更精神、更活泼，对教育的接受度也更高，主动性也更强。从国家层面来讲，国家更希望看到孩子们乐于接受教育而不是对教育敬而远之，国家也更希望看到孩子们愿意主动学习各个学科的知识而不是死读书、读死书，如果条件允许，国家更希望孩子能到户外实践，能够按照自己的喜好探索。因为站在国家的高度来看，考试成绩一点儿用都没有，国家需要的是孩子掌握知识，这种知识不是干巴巴的教义，而是能够在实践中应用的。

　　在我们想象的世界里，虽然政府和法律依然存在，但其发挥的作用将减少到最低限度。毕竟人性中总会有恶的一部分，当这些恶开花结果的时候，我们需要用法律来制裁恶人。不过，那些关于财产的法案将变成一纸空文。为什么这么说呢？因为在我们想象的世界里，不存在资本占有，也就不存在财产犯罪。对于那些在财产上犯错误的人，我们用不着把他们送进监狱，而是应该把他们送进医院，因为他们不是犯了错，而是犯了病，我们需要为其重建思想，让他们知道资产占有是一种危害社会的病。当然，对于思想顽固者，我们肯定会采取周期更长的疗程，直到他们彻底改变思想之前，我们都要将其禁锢在某个特定的区域。

　　那么政府在其中可以起到什么样的作用呢？我认为无非两个方面：第一个方面是为社会或者其他合法合规机构制定行为纲领，第二个方面则是用武力保障这些行为纲领可以贯彻执行。关于第一个方面，相信即使是最虔诚的无政府主义者也不会去质疑，而第二个方面，则需要结合一定的历史背景来理解。纵观所有文明国度的历史，我们可以发现，当国家想要普及某项有争议的法律时，就必须采取一定程度的强硬措施，方可保证这项法律顺利实行。虽然对于社会健康、民心稳定的国家来说，民众很难因为某一项法律的制定和执行而产生暴动，但政府依然需要以武力维稳。换句话说，国家就是维护社会稳定的暴力机关，而国家代表的"暴力"，却是为了维护和平、保障人民幸福生活而存在的暴力。实际上，如果我们完全地实现无政府主义，彻底取消国家职能，那么民间团体、利益集团也会聚合起来，利用暴力挟制其他零散的个体或小规模团体。因此，我们可以这样认为，国家与无政府主义之间最大的区别，在于前者持有的暴力是专业化的常备力量，而这种常备力量的主要作用在于威慑；后者持有的暴力却是临时性质的解决办法，常常因某时某刻的某项暴动而突然集结，在处理暴动之后又迅速解散。二者相比，我们便会发现无政府主义的这种处理方式需要每一个人都接受军事训练，只有这样无政府主义才能随时集结军事力量，但这又与无政府主义的初衷相悖。

　　历史已经证明，国与国层面的冲突、对抗、平衡，只能靠唯一的、权威的机构来解决，如果某个地区出现了两个或多个机构，那么该地区与其他地区的关系就会变得极其复杂且脆弱。因为外界势力必将趁机而入，扶持符合自己利益的机构，而这样做的后果，只会造成该地区严重的内耗。因此，无论哪个地区都应该为地区唯一的权威机构配备最强大的力量来震慑住其他反对力量。这种权威的机构其实就是国家。

若是我们站得更高，看得更远，便能意识到若是以整个地球为边界的话，也可按照前面提到的"国家"来建立一个维护世界和平与稳定的权威机构。当然目前正值战争时期[①]，建立这样的权威机构看似是空谈，然而我们若是想要结束周而复始的战乱，让世界和平永存，我们就应该尽我们所能，去实现这个梦想。即使我们这辈人做不到，但我们只要朝着这个方向稳扎稳打，那么总有一天我们的梦想可以实现。

如今，我们便可以为实现这个愿望做些力所能及的事，比方说我们可以让民众了解到战争的危害，在全世界范围内掀起反战风潮。如果有一天，可以做到人人都渴望和平，反对以暴制暴，不愿靠掠夺积累财富，愿意用自己的双手创建美好生活，那时我们便有了解散国家军备力量的基础。或许在那时，和平

---

① 此处指的是第一次世界大战。——译者注

不会出现在战争之后，而是变成一种制衡，每个国家也不需要用军备力量打倒敌人才能保证己方稳定，只需储备少量武器作为威慑即可。

无政府主义者对于这种促进和平的方式则抱有悲观的态度，他们认为政府其实不堪一击，因为政府只能代表多数人的意志，而持反对意见的其他派别会在日积月累中积蓄力量，直到有一天，这种力量会造成毁灭性的打击。到了那一天，即使政府用尽全力镇压，也会元气大伤，极大地消耗民众的利益。关于这一点，我认为有两个方法可以最大限度地降低损害：

第一个方法，对于少数派的利益，我们可以采取缓和型处理方式来解决，而不是一味地否定。如此至少在接受层面，可以缓和少数派的抵制情绪，让他们不再觉得社会对于他们的态度是冷漠、无情的。另外，我们也可以让少数派参与政府决策，让他们派出代表参与讨论，以此维护少数派的利益。我们还可以采取区域自治的方式为少数派谋福利。这种区域自治不局限于某个地区，甚至可以适用于所有的团体组织，比如，放权给教育协会、工人联盟等。

第二个方法，国家这种基于维护和平的权威机构，更多的是为了处理国与国之间的关系而存在。而国家在处理诸如外交、战争等重大国际问题时，由于需要做出冷静且及时的决策，因此必须掌握毋庸置疑的行政权力。但在外交、战争之外的问题上，国家完全可以放权给民众，采取更为民主的法治制度。

采取非专职的决策方法以及用法治代替行政权力，会让政府的统治感降低，民众也不会感觉自己的自由受到了严重侵犯。诚然，政府的本质特性里包含了对反对意见的控制性和专制性，并且只要政府存在一天，这些控制性和专制性就会存在一天。然而，针对反对意见，我们除了控制与专制，还可以采取其他侵犯性相对较低的手法。那么，在和平时期，人们的好战意识没有受到蛊惑的时候，我们为什么不用更为自由、更为民主的方法来代替专制统治以及独裁镇压呢？如果有那么一天，我们不需要借助政府这种强制力量也能推进社会的发展，那么，我们一定会欣喜地发现整个社会必将充满欢乐与幸福的气息。我们更会惊奇地发现采用自由民主决策推动发展的社会制度，会对性格恶果起到显著的良好效果！

近些年在若干地区进行的社会主义实验告诉我们，只要废除资本主义制度，便可以加速人类思想的进化。但这必将遭受巨大的阻力，毕竟现在社会依然抱有"官本位"的思想。更糟糕的是，资本家占据着大部分的财富与资源，而资本家资助的官员们又站在权力的巅峰为资本家大开便利之门。也就是说，对于现代人来说，社会地位由资本决定，资本的强弱决定了地位的高低。那么，在我们想象的美好世界里，就应该打破这一桎梏，让所有人都处在平等的地位，不再有压迫，不再有剥削。也只有这样，才能彻底地消灭专制，人与人之间才能有互相交流不计回报的温柔。古代东方的革命者在数千年前便喊出了"王侯将相，宁有种乎"，但时至今日，社会还是会因为出身而为某人匹配地位。尽管现在比古时要好一些，存在更多的奋斗机会。可是，当每个人都想成为人上人的时候，大到社会风气，小到个人性格，都会产生扭曲，也都会阻碍社会的进步。因此，只有彻底地改变社会制度，让人人不用再为社会地位争得头破血流，才能改变民众的性格，从根本上遏制性格恶果。

在我们想象的美好世界里，没有贫穷与饥饿，人人都能自足，都没有积累财富的必要。前面我已经说过，人们对于经济的依赖会让自己的性格变得冷漠无情，如果降低人们对于财富的渴望，那么人人都可以养成热情、共情的性格。到了那个时候，社会也不会再有阶级存在。

其实，阶级是制约当今社会发展的重要因素。可以这么说，如今每个阶级的人都在想着怎么样才能往上爬，比方说，打工人总妄想着自己有朝一日升职加薪，当上总经理，迎娶白富美，走上人生的巅峰；每个阶层的人也都时刻在担忧自己和自己的下一代会向下跌落，成为身处于下层的待宰羔羊。但如果我们彻底消灭了阶级，那么人们耳边将不再出现恶魔的低语，人们的梦境里也不会出现可怕的梦魇。年轻人的志向不再是清一色的事业有成，他们会树立诸如探索宇宙奥秘，揭示人间真理等更为远大的志向。更重要的是，年轻人会把自己旺盛的精力放在更加高尚的追求上面，而这些追求随便找出一个都要比追求财富更有意义。

在我们想象的美好世界里，探索求知绝不仅仅是天才的特权，每一个普通人都有机会实现自己的抱负。

在我们想象的美好世界里，科学技术蓬勃发展，劳动效率大幅度提高，各类发明层出不穷，社会经济要数倍于先进的社会，而对于那些渴望成功的年轻人来说，荣誉带来的满足感要高于金钱。

在我们想象的美好世界里，艺术创作将十分自由，完全不受国家的干涉。实际上，当政府、国家或其他任何带有私欲的机构干涉艺术创作的时候，都会给艺术带来灾难性的影响，因此才有人说，艺术家们总是戴着枷锁起舞。如果有那么一天，我们为任何以艺术为职业的人打开枷锁，为他们提供经济保障，让他们毫无后顾之忧，可以真正地肆意挥洒才华，那么这些人的艺术激情必将前所未有地激昂，艺术成就也必将无与伦比地璀璨。

话说回来，若我们为社会里大部分的人提供基本的生存保障，还将有两处可以预想的好处：第一，工作将变得美好；第二，人际关系将变得和谐。

在我们想象的美好世界里，工作就应该是自由的，符合人们兴趣的，而不是现在这种不做不行的负担。当人们按照兴趣而工作时，工作便成了欢乐的来源，人们也就有了无穷无尽的动力。

在我们想象的美好世界里，人际关系也应该是和谐融洽的，没有颐指气使、居高临下，也没有卑躬屈膝、讪笑谄媚。除了真挚的亲情、友情、爱情之外，没有其他任何负面情感。人们更不用为了所谓的面子、利益而委屈自己或是强迫自己做不喜欢的事情。在这方面，资本主义社会是可怕的，因为人们会用资本将所有的感情量化。或许有人要举出"钱买不了爱情"这样的例子，但在资本主义社会，代表爱情的花、巧克力、手表与项链，不全都是资本吗？甚至在家庭关系中，资本也是决定关系是否和谐的决定性因素，毕竟我们看了太多"贫贱夫妻百事哀"的例子。更有甚者，如今在文明社会的某些地区，还存在着"卖女儿"这样的陋习。

在我看来，当婚姻关系中出现买卖概念，即要求男方需要为女方提供某些物质条件，女方才会出嫁的时候，结婚跟嫖妓在本质上就没有区别。我甚至认为这样的婚姻会让女性比妓女更加不堪，因为妓女只需服务某一位客户，而婚姻中的女性不仅要服务丈夫，还要照顾小孩、赡养老人和料理家务，她们更苦更累，但她们的丈夫却觉得理所当然，因为这些人在结婚时付了钱。归根结底，都是因为资本才导致了情感缺失。资本让婚姻既成了某种契约，又成了讨价还价的交易，而本应占据主导的爱情却成了次要的。结果那些荡气回肠的爱情最终成了错过，合适的条件反倒构成了建立婚姻的主要可能。可这不应该是我们想要的生活，在我们想象的美好世界里，婚姻一定是自由恋爱的结果，也一定是两颗真心激情碰撞的结果。婚姻里可以有波折，但爱可以处理一切问题。婚姻里的双方更是平等的，没有强势和弱势，也不会有一方想要成为另一方的主人的想法。或许现在大家还不能理解这种婚姻，尤其是那些秉承传统的卫道士更难接受。因为这种婚姻打破了所谓的传统，它既不是母系社会里女性占主导的婚姻，也不是父系社会里男性占主导的婚姻，更不是资本主义社会里资本占主导的婚姻，它是一种既没有女权也没有男权的平等婚姻。而这种婚姻，才是最为自由的婚姻。可惜，目前绝大多数的人没有或者不敢想象这种婚姻，他们被所谓的传统与世俗束缚，认为牺牲才是维护家庭的不二法门。他们更不愿意直面家庭中的财产分割，妻子心安理得地用着丈夫的资产，而丈夫也心安理得地役使妻子。

只要我们无法打破经济的役使，只要经济还在影响着我们的本能，就无法实现我们想象中的美好生活。在家庭里，丈夫与妻子之间的关系，家长与子女之间的关系，本应且仅仅应该靠感情来维系。一旦失去了感情，那么这些关系就应分崩离析，不用再去勉强维持。而感情是自由、平等的，绝不应该由一方奴役另一方。在感情生活里，但凡有奴役的存在，就会让本应的纯粹变得浑浊，进而走向极端。

好在越来越多的人已经意识到了这一点，他们开始尊崇双方地位平等的感情。我深信未来会有一天，社会处处可见平等的亲情、友情与爱情。到了那一天，男人深爱女人的方式不再是把她囚禁在家庭里，而是给予包容、给予肯定、给予支持。到了那一天，感情不再靠支配来获取快感，也不靠单纯地满足欲望来维持，它将是物质与精神的双丰收。

在我们想象中的美好世界里，生活一定会比现在精彩。现代生活因生存需要而枯燥乏味，绝大多数成年男性被焦虑所困扰，永远也找不回童年时的无忧无虑，只能在某个极其短暂的时间里，靠尼古丁与酒精来麻醉紧绷的神经。事实上，现代社会虽然不乏"让成年人卸去重担，返璞归真，回到童年时代"的言论，但往往成就的是"今朝有酒今朝醉"的做法，因为对现代人来说，放下重担便意味着放弃了竞争。

我们不妨回想一下儿时听过的科学家的故事，那些科学家似乎少有生活的重担，即使年龄已经很大，却依然像个孩子一样天真无邪、不谙世事，一心沉浸在自己的研究领域。有趣的是，这些科学家反而走向了成功，赢得了生活。那么，我们为什么不向这样的科学家学习，按照这样的生活方式去生活呢？

最后，我想和大家聊一聊我们想象中的美好世界对生理恶果有哪些好的影响。比方说，在我们想象中的美好世界里，疾病问题是否得到了解决？劳动生产率是否得到了提高？人口增长对于资源的压力是否得到了缓解？会出现托马斯·罗伯特·马尔萨斯①在《人口论》里提到的资源集中到某个阶层手里，

---

① 托马斯·罗伯特·马尔萨斯（1766—1834）：英国牧师、人口学家、政治经济学家。著有《人口原理》《人口论》等，认为人口按几何级数增长而生活资源只能按算术级数增长，将导致饥馑、战争和疾病，由此呼吁采取措施，遏制人口出生率。——译者注

还是会出现威廉·葛德文①在《论人口问题》里提到的人人都有平等的获取资源的权利呢？

我认为，解决以上所有问题的办法是让我们的精神力量强大到可以让社会不再有竞争。试想一下，若我们生活在没有竞争的社会里，我们会像现在这样累，会像现在这样自私吗？我们会放弃思考，会停止工作吗？那些所谓的保守主义还会存在吗？还会成为制约社会发展的阻碍吗？答案一定是"不会"吧！由此可见，只要我们消灭了竞争，就解决了大部分的生理恶果，而消灭竞争的武器，则是科学。

随着科学的日益发展，我敢肯定，现在无法攻克的医学难题有朝一日可以得到解决。我也相信，未来的医疗卫生条件一定会比现在好。实际上，在我们想象中的美好世界里，拥挤肮脏的贫民窟将不复存在，孩子们可以在宽敞的院子里玩耍，在明亮的教室里接受教育；成年人也不用每天都忙于工作，他们可以享受假期，劳逸结合，让自己有精力做其他感兴趣的事情。

至于科学能发展到什么地步，我认为将由社会对于自由的

---

① 威廉·葛德文（1756—1836）：英国政治学家、作家、无神论者。思想接近于无政府主义，又有自相矛盾之处。认为人的天赋、才能和知识会有差别，但在人际关系和取得生活资料方面都有平等的权利。强调个人权利神圣不可侵犯；人的行为准则是正义，而人的一切罪恶都是非正义等。著有《政治正义论》《论人口问题》等。——译者注

包容度来决定。科学研究与文艺一样，不应受到私欲的控制。如果所有的科学研究都在统治阶级的授意下进行，那么科学必将自取灭亡，毫无任何生机可言。因为科学如果离不开有关功利的考量，每当科学取得一点点进展，人们就会对其成果进行分析，判断其有利还是有害，如果害大于利，那么人们必定会缩减开支，毕竟科学研究的经费有限。另外，现如今的科研经费大多由老年人把持，这是因为人们认为年长者德高望重。但问题接踵而至，老年人，尤其是在某一领域已经取得成绩的老年人很容易故步自封，或者干脆这么说，老年人很难不对标新立异的年轻人产生敌意。在这种情绪的滋养下，科学发展就有了一个名为"官僚主义"的敌人，而这个敌人的强大，超出所有人的想象。

而在我们想象中的美好世界里，社会对自由的包容度极强，允许任何团体组织、任何科学家、任何科研和任何问题存在。最重要的是，社会为科学家提供生活补助，为他们免去后顾之忧。这同时使得科研的功利性考量降至最低。如果真的如此，那么我们就可以坚定不移地明确一点：科学将取得前所未有的高度繁荣。而随着科学的繁荣，我们也有理由相信终有一天，我们将会激发人体的所有潜能，从而完全扼杀生理恶果。

我们现在的诸多生理恶果是因繁重的工作而引起的。而繁

重的工作一方面是因为技术，另一方面则是因为社会制度。那
么我们不妨设想一下，如果我们停止内耗，即停止武器、军工、
奢侈品等其他浪费性方面的工作，将资源全部投入满足居民生
存、精神需要等方面，并且为每一种工作都引入更先进的机器
与技术，那么，工人对待工作的积极性将会空前地高涨，代表
工人利益的工会也会采取一切举措促成科技革新。那时，人们
工作的动机就从谋生转向了追求兴趣与荣誉，而这两种动机显
然要比谋生更具有推动性。试想一下，在一个没有压抑、不用
为生计发愁的世界，人们对于生活的热情比现在低吗？恐怕只
会比现在更有活力吧！

　　我担心的只有人口问题恐怕难以解决。从马尔萨斯时代至
今，人口问题一直被视为困扰世界发展的最大阻碍。不过，如今
早已不比当年，每个国家都不再盲目地增加人口，一些文明国家
甚至开启了计划生育的策略来降低出生率。再加上目前的世界大
战，人口或将回复到可接受的临界点。或许人口流动会对某一区
域造成困扰，比方说热带地区的黑人移民到西欧的国家，墨西哥
人到美国定居等，但站在世界总体的角度来看，人口问题尚不足
以让我们失去希望。我也坚信，社会与国家也不会对人口问题熟
视无睹，他们一定会制定出相关政策来解决人口问题。

　　总之，以社会主义或无政府主义者信奉的共产主义为理论依据，结合实际，对土地私有制以及资本所有制进行大刀阔斧的改革，我们便有了结束一切恶果的基础，也有了创造我们想象中美好世界的契机。不过，尽管目前看来社会主义是先进的、值得肯定的，但放眼未来，社会主义依然远远不足以让我们过上完美的生活。此外，社会主义内部也门派林立，有着各种各样的思想与形式。而这些形式孰优孰劣，我们必须在现实生活中一一实践，方可确定。比方说，在以公有制为主体的社会主义国家当中，看似实现了分配制度的公平，然而事实却证明在这样的国家会出现专制，从而扰乱整个社会。若是放任不管，那么这样的社会主义国家最终将会比资本主义国家还要动荡。又比方说，若是某个地区实行无政府主义，那么该地区必定会受到外界势力的滋扰，长此以往，该地区的无政府主义也很难维持下去，最终无政府主义只能成为理想中的乌托邦，人人都向往，却遥不可及。再比方说，主张社会和谐的工会主义同样有着诸多缺陷，而且工会主义容易出现狭隘与保守，这二者昭示了工会主义并不是一种稳定的社会形态。

　　相较之下，基尔特社会主义在诸多方面都符合我们对于社会发展的期望。这一制度优于无政府主义之处在于它将所有社会团体一视同仁，对于科学、艺术、人际关系以及生活乐趣等方面的支持不偏不倚。与其他社会制度只注重小部分阶级的利益不同，基尔特社会主义更关注民生问题。而这种关注便是我们推崇它的理由。是的，在我们想象中的美好世界里，并不是某一小部分人安居乐业，而是绝大部分乃至全部的人都能安居乐业。还有一点值得一提，基尔特社会主义有别于空想社会主义，它用基础保障代替了绝对公平的分配制度，从而既让社会剥离了经济，又不让社会距离经济太远。关于这方面，基尔特社会主义便证明了它无与伦比的先进之处。

在我们想象中的美好世界里，创造是人们进行所有社会活动的动力。在那个世界里，人们不是墨守成规，而是开拓进取的，人们的欲望也不是毁灭性，而是建设性的。在那个世界里，人人都有一颗赤诚之心，对资本没有占有欲，更不会产生掠夺的野心。在那个世界里，爱是一切的基础，爱会清洗人世间所有的罪恶，比如嫉妒、贪婪与懒惰。在那个世界里，所有人的心愿是一致的，都愿意为了创造美好家园贡献自己所有的力量。

我坚信，现存的社会制度必然会消亡，现存的世界会因为释放了人性中的欲火而焚毁。但世界不会就此而亡，它会浴火重生。而伴随世界重生的，则是源源不断的希望。

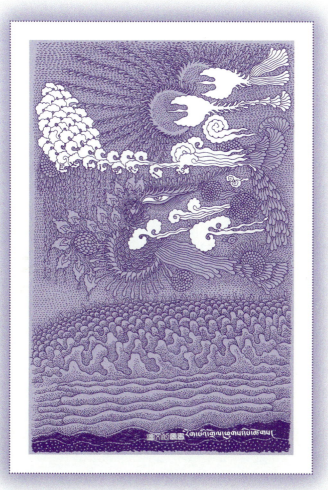

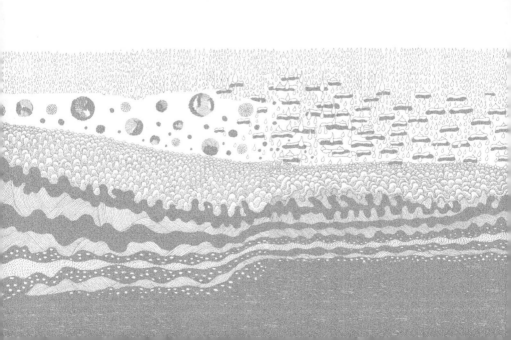